KB115307

鵬程대연가

붕정대연가(鵬程大戀歌) 2

임영기 新무협 판타지 소설

초판 1쇄 찍은 날 § 2021년 1월 20일
초판 1쇄 펴낸 날 § 2021년 1월 27일

지은이 § 임영기
펴낸이 § 서경석

총괄팀장 § 노종아
편집책임 § 신나라
디자인 § 스튜디오 이너스

펴낸곳 § 도서출판 청어람
등록번호 § 제387-1999-000006호
등록일자 § 1999. 5. 31
어람번호 § 제2-2858호

주소 § 경기도 부천시 부일로 483번길 40 서경B/D 3F (우) 14640
전화 § 032-656-4452 팩스 § 032-656-4453
http://www.chungeoram.com
E-mail § chungeorambook@daum.net

ⓒ 임영기, 2021

ISBN 979-11-04-92301-2 04810
ISBN 979-11-04-92299-2 (세트)

도서출판 청어람

2

임영기 무협 판타지 소설
Cover illust A4

붕정대연가

FANTASTIC ORIENTAL HEROES

鵬붕정대연가

목차

第十二章

십엽루주(十葉樓主)

버들잎처럼 날렵하게 생긴 백색의 배 한 척이 서호 동쪽 변으로 접근했다.

그곳에는 백여 개의 기루와 주루들이 줄지어 늘어서 형형색색의 불을 밝히며 장관을 이루고 있다. 여느 성도의 번화가 못지않았다.

기루가 팔십여 개로 압도적으로 많고 주루가 이십여 곳인데 하나같이 유명한 곳들이다.

백색의 갸름한 배는 서호 동쪽 변의 복판에 위치한 가장 규모가 큰 십엽루를 향해 미끄러져 갔다.

이곳의 기루와 주루들은 모두 호수 쪽으로 독립된 개인 포구를 각각 지니고 있으며 그곳에 여러 척의 크고 작은 유람선들이 정박해 있다.

기루와 주루들이 천혜의 명승인 서호를 끼고 있으므로 유람선에 손님들을 태우고, 선상에서 춤을 추고 노래를 부르며 주흥을 한층 돋운다.

백색의 배 이 층 앞쪽 갑판의 의자에 나란히 앉아 있는 진검룡과 민수림은 전면에 점점 가깝게 다가오는 거대한 규모의 전각군을 바라보았다.

전각군의 한가운데 위치한 오 층 본채는 다른 건물의 대여섯 배가 될 정도로 거대한데 얼핏 보기에도 일 층의 둘레가 족히 이백여 장은 될 것 같았다.

말이 좋아서 이백여 장이지 진검룡의 배 길이가 육 장이니까 그런 배를 일렬로 서른두 개를 늘여놔야 한 바퀴를 돌 수 있다는 것이므로, 대저 얼마나 거대한지 짐작할 수 있다.

전각이 오 층 본채만 있는 것이 아니다. 뒤쪽으로도 본채보다는 조금 작지만 그래도 큼직큼직한 전각 십여 채가 잘 가꾸어진 정원과 인공 호수 근처에 띄엄띄엄 서 있는데, 바로 이 어마어마한 규모의 전각군이 바로 항주제일루인 십엽루다.

이 층 갑판의 진검룡이 아래를 내려다보니까 배 일 층 앞쪽 갑판에 강비(剛飛)가 서서 배가 포구에 닿으면 뛰어내릴 준비를 하고 있다.

강비는 개방 항주분타 삼결(三結) 제자로서 아까 진검룡과 민수림에게 막무가내로 들이댔던 그 청년 거지다.

강비는 자신의 부하가 되라는 진검룡의 말에 머리가 획 돌아서 그에게 네 자루 비수를 던지며 급습했다가 오히려 죽을 뻔한 것을 민수림이 본의 아니게 구해주었다.

직후 밤하늘로 날려가는 그를 민수림이 접인신공의 수법으로 끌어당겨서 다시 배의 이 층 갑판에 내려놓으니까, 저승 문턱까지 갔다가 온 그는 그대로 무릎을 꿇고 진검룡의 부하가 되기를 자청했다.

십엽루의 포구는 다른 기루나 주루하고는 전혀 차원이 다르다. 규모가 여느 포구보다 더 크다.

또한 다른 기루나 주루의 포구에는 유람선이 많아야 네, 다섯 척을 넘지 않는 데 비해, 십엽루 포구에는 자그마치 오십여 척의 유람선들이 말 그대로 즐비하게 정박해 있는 광경이 장관을 이루고 있다.

퉁!

배가 포구에 닿자 강비가 밧줄을 쥐고 뛰어내렸다.

그가 배의 밧줄을 포구의 기둥에 묶고 있는데 십엽루의 호위대 중간 우두머리쯤 되는 삼십 대 남자가 두 명의 호위무사를 대동하고 빠른 걸음으로 다가왔다.

강비가 중간 우두머리에게 뭐라고 귀엣말을 말하자 그는 크게 놀라서 배 이 층의 진검룡과 민수림을 한 번 올려다보고는 부리나케 안쪽으로 달려갔다.

진검룡 등은 십엽루의 본채가 아닌 호수에 인접한 이 층짜리 고풍스러운 전각 이 층으로 안내되었다. 본채는 손님을 맞는 곳이고 이 전각이 안채인 것 같았다.

진검룡과 민수림은 마주 보지 않고 나란히 앉았으며 맞은편에 독보가 앉았다.

그러고 보니까 아까 낮에 주루에서도 진검룡과 민수림은 나란히 앉았다.

진검룡으로서는 왜 그렇게 앉았는지 신경을 쓰지 않았지만 아마 민수림이 그러기를 원했던 것 같았다.

독보까지 세 사람은 향긋한 차를 마시고 있으며 두 명의 하녀가 조금 떨어진 곳에 시립해 있다.

강비는 십엽루에 들어올 때 혼자 따로 다른 곳으로 갔는데 십엽루주를 만나러 간 모양이다.

진검룡이 강비의 부탁 즉, 십엽루주를 만나달라고 하는 것을 들어준 데에는 이유가 있다.

십엽루주에게 누가 딸을 납치했는지 알려줘서 비웅보와 오룡방을 압박하려는 것이다.

십엽루뿐만 아니라 연검문에도 그 사실을 알려줘서 십엽루와 연검문이 동시에 압박을 가한다면 비웅보로서는 난감한 입장에 처할 것이다.

진검룡으로서는 그렇게 하는 것 역시 비웅보에 대한 복수

이기 때문이다.

어떻게든지 비웅보를 잔뜩 괴롭히다가 최후에는 놈들을 멸문시키는 것이 진검룡의 최종 목표다.

그렇지만 비웅보를 멸문시키는 것이 절대로 쉬울 것이라는 생각은 하지 않는다.

진검룡은 열어놓은 창을 통해서 서호를 바라보았다.

그는 자신이 지금 십엽루 안에 앉아 있다는 사실이 잘 믿어지지 않았다.

석 달 전 동천목산에 입산하기 전까지 그는 항주에서도 최하층민이었다.

그런 식으로 계속 살았다면 하루 벌어서 하루 먹는 하루살이 같았을 그가 십엽루에 와본다는 것은 죽을 때까지 언감생심 꿈조차 꾸지 못할 일이다.

그랬던 그가 지금 십엽루 안채에, 그것도 일개 손님이 아니라 십엽루주의 딸을 구해준 은인이라는 신분으로 버젓이 앉아 있는 것이다.

변한 것은 그것만이 아니다. 그는 더 이상 상점들의 재료를 배달해 주는 운송 같은 잡일을 하지 않는다.

예전 같으면 거리에서 마주쳐도 감히 눈도 마주치지 못했을 비웅보 용정분타주에게 이래라저래라 명령을 내렸는가 하면, 개방 항주분타의 삼결 제자 강비를 부하로 거두기까지 한 대단한 인물이 되었다.

이 모든 것이 다 민수림 덕분이다. 그랬기에 동천목산에서 그녀를 만난 것은 진검룡에게 필연이고 또 기적이었다.

진검룡이 민수림을 쳐다보자 우아한 모습으로 차를 마시고 있던 그녀가 그를 보면서 방그레 아름다운 미소를 지었다.

지금 그녀는 모자를 쓰고 있으며 옷깃을 올렸지만 차를 마시기 위해서 입을 조금 내놓은 상태다.

그랬기에 얼굴의 절반 이상은 드러나지 않았고 절색의 미모도 드러나지 않았다.

그때 밖이 조금 소란스러워졌다. 누군가 달려오는 소리인데 진검룡은 소효령이 오는 것이라고 짐작했다.

잠시 후에 문이 벌컥 열리더니 소효령이 달려 들어와서 진검룡을 발견하고는 울음을 터뜨리며 안겨왔다.

"으아앙! 오빠!"

"어이쿠, 효령아."

진검룡은 소효령이 몸을 던지면서 안기는 바람에 의자와 함께 상체가 뒤로 벌렁 자빠지려는데 민수림이 재빨리 손을 뻗어 막아주었다.

소효령은 앉아 있는 진검룡의 무릎에 마주 보는 자세로 앉아서 두 팔로 그의 등을 힘껏 끌어안고 가슴에 얼굴을 묻고는 울음을 그치지 않았다.

소효령은 눈물범벅인 얼굴을 들고 진검룡을 올려다보면서 종알거렸다.

"흑흑……! 오빠가 오실 거라고는 상상도 못 했어요. 다시는 오빠를 만나지 못할 거라고 생각했어요. 그런데 이렇게 오시다니 너무 기뻐서 가슴이 터질 것 같아요……!"

소효령은 진검룡을 은인 이상으로 여기는 것 같았다.

"령아."

그때 여자의 잔잔한 목소리가 들렸다.

입구 안쪽에 한 무리의 사람들이 서 있는데 그중 삼십 대 초반의 여자가 소효령을 보면서 조용히 말했다.

"은인께 무례하면 못쓴다."

소효령은 여자를 쳐다보지도 않고 두 팔로 진검룡의 목을 안으면서 종알거렸다.

"어머니, 오빠는 괜찮아요."

소효령의 모친 현수란(玄秀蘭)은 뜻밖이라는 표정을 지었다. 지금껏 딸이 한 번도 자신의 말을 거스른 적이 없었는데 방금 딸이 자신을 쳐다보지도 않고 거역한 것이다.

그렇다고 현수란은 그것 때문에 노여워하지는 않았다. 딸의 새로운 모습을 봐서 조금 뜻밖인 것뿐이다.

현수란이 딸의 새로운 면을 알게 된 것은 그것만이 아니다. 그녀가 알고 있는 딸은 모친을 닮아서 타인에게나 자신에게 엄격하고 섬세하다.

또한 낯가림이 매우 심해서 자신에게 주어진 몸종하고 친해지는 데도 몇 달이 걸리기 일쑤였다.

그런 딸이 이제 겨우 두 번째 만나는 사람, 그것도 젊은 남자의 무릎에 앉아서 목을 끌어안고 뺨을 비비는 모습이 너무도 생경해서, 저 아이가 정말 내 딸이 맞나 하는 생각마저 들었다.

현수란은 십오 세인 딸이 아직 어린아이처럼 여겨지지만 외간 남자에게 저렇게 안겨서 몸을 부대끼는 것은 좋지 않다는 생각이다.

하지만 지금은 특수한 상황이라서 딸을 제지하고 싶지는 않았다. 그러나 나중에 따로 반드시 훈계를 할 생각이다.

진검룡과 민수림은 모란처럼 정열적인 아름다움을 지닌 현수란이 소효령의 모친일 것이라고 짐작하여 자리에서 일어나 그녀를 향해 나란히 섰다.

위아래 단색 붉은 비단옷을 입은 현수란은 두 사람 앞에 다가와 정중히 고개를 숙였다.

"처음 뵙겠어요. 령아의 어머니 현수란이에요."

두 사람도 마주 인사했다.

"진검룡입니다."

그런데 진검룡은 자신도 모르게 허리까지 깊이 숙였고 민수림은 아무 말 없이 고개만 까딱했다.

그걸 보고 진검룡은 자신이 지나치게 저자세였음을 깨닫고 얼굴이 조금 화끈했다.

최하층민으로서의 저자세가 너무도 몸에 깊숙이 배어 있어서 자신도 모르게 나온 행동이다.

낭중지추(囊中之錐), 주머니 속의 송곳은 꼭 천재를 비유할 때만 사용하는 말이 아니다.

지금처럼 제 습관을 버리지 못하고 아무 때나 불쑥 튀어나오는 사람에게도 낭중지추를 써야 한다.

현수란과 같이 들어온 강비가 설레발을 피웠다.

"저 두 분이 오지 않겠다고 하는 것을 내가 반강제로 모시고 온 겁니다, 하하하!"

소효령은 진검룡 옆에 붙어 서서 그의 커다란 손을 두 손으로 꼭 잡고 있다.

진검룡 등은 자리를 옮겨서 유람선에 탔다.

십엽루에서 제일 큰 유람선이 밤의 서호를 유유히 흘러가고 있으며 잔잔한 음악이 흘러나왔다.

서호 동쪽에는 다른 기루에서 띄운 유람선이 백여 척 이상 떠 있어서 불야성을 이루고 있다. 그중에서도 십엽루의 유람선이 가장 크고 화려했다.

한겨울이지만 남쪽 지방인 항주의 날씨는 장강 이북 지방의 가을에 해당할 정도로 밤에도 포근했다.

진검룡 등은 유람선에서 가장 높은 삼 층 선실의 산해진미가 거창하게 차려진 탁자 주변에 앉아 있다.

조금 전에 현수란은 딸을 구해준 데 대해서 정중하게 감사

의 인사를 했고 진검룡은 마음에 두지 말라면서 의젓하게 손
을 저었다.

"잠시 할 말이 있소."

처음에 인사를 나눌 때 현수란에게 정도 이상으로 허리를
굽혀서 민망했던 진검룡은 그때 이후 의식적으로 좀 퉁명스
러운 언행을 구사하고 있다.

"말씀하세요."

그래도 현수란은 처음이나 마찬가지로 약간 도도한 듯 정
중한 언행을 유지했다.

진검룡은 조금 전에 민수림이 전음으로 알려준 내용을 머
릿속으로 정리하고 나서 현수란에게 말했다.

"지금 누가 십엽루를 감시하고 있소."

맞은편에 앉은 현수란은 진검룡 옆에 찰싹 붙어서 앉아 있
는 딸 소효령을 응시하고 있다가 진검룡의 말에 가볍게 놀라
며 그를 바라보았다.

"그런가요?"

현수란은 정말 그러냐, 그럴 리가 없다는 등의 어수선한 말
을 하지 않았다.

"가서 확인하고 잡아들여라."

그녀가 진검룡의 빈 잔에 술을 따르면서 조용한 목소리로
명령했다.

그러자 한쪽 옆에 서 있는 이십 대 중반에 어깨에 검을 메

고 있는 경장 차림 여자가 공손히 허리를 굽히고 나서 재빨리 선실 아래로 내려갔다.

그렇지만 현수란은 진검룡 말대로 십엽루를 감시하는 인물이 있다는 말을 꼭 믿지는 않았다.

아까 민수란은 십엽루에서 유람선을 준비하고 있을 때 잠시 측간에 다녀온다고 갔다가 그때 십엽루를 한 바퀴 돌아보고 왔다.

"감시자는 길 건너 나무 위와 십엽루 왼편 기루의 이 층, 십엽루 쪽 창이 있는 방에 있는데 모두 세 명이오."

"……"

감시자가 있다는 말에도 눈 하나 까딱하지 않았던 현수란이 방금 진검룡의 말에는 눈을 조금 크게 떴다.

감시자들의 수와 그들이 숨어 있는 장소까지 구체적으로 알려주었기 때문이다.

"들었느냐?"

"네, 루주."

현수란이 조용히 중얼거리자 유람선 아래쪽에서 조금 전 이곳을 떠난 여고수의 목소리가 들렸다.

*   *   *

현수란이 처음으로 진검룡과 민수림의 신분을 물었다.

"두 분은 누구십니까?"

진검룡이 처음에 자신의 이름을 밝혔기 때문에 지금 현수란이 묻는 것은 무엇을 하는 사람이냐고 묻는 것이다.

진검룡은 우물쭈물하며 대답하지 못했다. 자신을 뭐 하는 사람이라고 소개해야 할지 모르기 때문이다.

그때 민수림이 처음으로 입을 열었다.

"항주에 개파(開派)를 준비하고 있어요."

현수란이 두 번째로 표정이 변했다. 민수림의 목소리가 너무도 아름다웠기 때문이다. 그녀는 진검룡보다 민수림에게 더 진한 흥미를 느꼈다.

"실례지만 두 분은 어떤 문파 출신인가요?"

진검룡으로서는 한마디도 대답할 수 없는 현수란의 물음이 이어졌다.

민수림은 술을 한 잔 마시고 나서 예의 자늑자늑한 목소리로 대답했다.

"청성(靑城)이에요."

"아……."

청성파는 구파일방의 하나로서 대문파다. 또한 현수란이 알기로는 항주에 청성파 제자는 한 명도 없다.

진검룡은 깜짝 놀랐지만 민수림을 쳐다보지 않았다, 그녀에게 무슨 생각이 있어서 그렇게 말했을 것이라고 믿었다.

민수림이 청성파라고 말했으므로 현수란은 그녀와 진검룡이 청성파 출신이라고 믿었다. 민수림이 거짓말을 할 이유가 없으므로 믿지 않을 이유가 없다.

쟁쟁한 구파일방의 하나인 청성파 출신 인물이 항주에 새 문파를 개파하려고 한다. 그런데 그들이 현수란의 딸을 구해준 은인이다.

그러므로 그들이 오늘 밤에 십엽루에 찾아온 이유는 개파를 도와달라는 목적일 것이라고 현수란은 추측했다.

여자 혼자 몸으로 오늘날 항주제일루라는 명성을 날리고 있는 거대한 십엽루를 이룩했을 정도라면, 현수란이 어느 정도로 비상한 두뇌와 두둑한 배짱, 사업 수완을 지닌 여장부인지 짐작할 수 있다.

그녀는 아까 강비가 했던 말, 즉 진검룡과 민수림은 한사코 십엽루에 오지 않으려고 했는데 강비가 반강제로 데리고 왔다는 말을 믿지 않았다.

어쩌면 이 두 사람은 도움을 바라고 소효령을 구했을지 모른다는 의심까지 들었다.

그랬든지 아니든지 두 사람이 소효령을 구한 것은 사실이다. 그러므로 현수란은 거기에 대해서 적절한 응분의 대가를 치르면 그만이라는 생각, 아니, 계산이다.

현수란은 가볍게 고개를 숙였다.

"개파를 하신다면 제가 성심껏 돕고 싶군요. 제가 할 일을 말씀해 주시면 최선을 다하겠어요."

민수림이 조용히 말했다.

"루주의 수하가 감시자를 잡아 온 후에 말하죠."

조금 전부터 현수란의 짐작이 빗나가기 시작했다. 이들이 분명히 도움을 바랄 것이라고 예상했는데 감시자를 잡아 온 후에 말한다고 한다.

그런데 십엽루를 감시하는 자들과 도움이라는 것이 도무지 연결이 되지 않았다.

독보는 민수림 옆에 앉아서 요리를 먹을 생각도 하지 않고 긴장된 얼굴로 눈만 동그랗게 뜬 채 현수란과 주변을 두리번 거리며 살피고 있다.

민수림이 독보 앞에 놓인 접시에 맛있는 요리를 집어서 놓아주고는 어깨를 다독였다.

"보야, 먹어라."

그제야 마음이 조금 풀어진 독보는 민수림을 한 번 보고 나서 빙그레 미소를 짓더니 이윽고 먹기 시작했다.

잠시 침묵이 흘렀다. 진검룡이나 민수림, 현수란은 말수가 적은 사람이라서 할 말을 하고 나서는 그저 묵묵히 술잔을 기울일 뿐이다.

이들은 은혜를 베푼 사람과 은혜를 입은 사람들이 아니라 사업 때문에 만난 사람들 같았다.

그것도 얘기가 잘 진행되지 않아서 서로 인상을 쓰고 있는 관계처럼 보였다.

"아마 비응보일 것이오."

진검룡이 불쑥 조용히 말했다.

그가 밑도 끝도 없이 말했는데도 현수란은 그 말이 무슨 뜻인지 즉시 알아차렸다.

아니, 알아차렸을 뿐만 아니라 거기에서 한 걸음 더 나가서 해석했다.

그녀는 눈을 조금 좁히고 말했다.

"비응보가 령아를 납치한 건가요?"

"그렇소."

그렇다면 감시자도 비응보 수하일 것이다.

때마침 아까 명령을 받고 나갔던 여고수가 다섯 명의 호위무사와 함께 계단을 올라왔는데, 호위무사들은 혈도가 제압되고 흑의를 입은 세 명의 사내를 어깨에 메고 있다.

현수란이 여고수에게 물었다.

"비응보 놈들이냐?"

여고수는 그걸 어떻게 알았느냐는 듯한 약간 놀란 표정을 짓더니 고개를 숙였다.

"그렇습니다."

"가둬라."

여고수가 고개를 끄떡이자 호위무사들이 즉시 물러갔다.

현수란은 진검룡과 민수림의 잔에 술을 따르고 나서 조용한 목소리로 말했다.

"제가 어떻게 하면 될까요?"

그녀가 어떻게 해줘야 진검룡과 민수림에게 도움이 되겠느냐는 뜻이다.

진검룡은 이제 민수림의 전음을 듣지 않고서도 자신이 어떻게 해야 할지를 알게 되었다.

긴 안목은 아직 잘 모르겠지만 당장 이 자리에서 어떻게 대처해야 할지는 알았다.

"우리가 루주를 만나지 않은 상황에 이 사실을 알았다면 어떻게 할 것이오?"

"비응보에 따지고 보복을 해야겠죠."

진검룡은 고개를 끄떡였다.

"그럼 그렇게 하시오."

평소에 감정을 잘 드러내지 않는 현수란이지만 오늘은 여러 번 놀라고 있다.

"무슨 뜻이죠?"

"말 그대로요. 우리는 상관하지 말고 그대 편할 대로 하라는 뜻이오."

항주 성내 용정서가 저잣거리에서 운송 일을 하는 진검룡이 십엽루주에게 그대라고 말했다. 예전 같으면 죽었다가 깨어나도 절대로 있을 수 없는 일이다.

현수란은 애매한 표정을 지었다.

"그러면 은인들께서 개파를 하시는 데 도움이 되나요?"

진검룡은 빙긋 미소 지었다.

"묵은 체증이 내려갈 것이오."

"아……."

현수란은 흑백이 또렷한 큰 눈을 조금 더 크게 뜨더니 배시시 미소 지었다.

"이제 보니 두 분은 비응보에 원한이 있었군요?"

진검룡은 긍정도 부정도 하지 않고 담담히 미소만 지었다.

현수란이 진지한 목소리로 말했다.

"어떤 식으로든 두 분께 보답을 하고 싶어요."

진검룡과 민수림이 이제 그만 가겠다면서 일어나자 현수란은 두 사람이 뭔가 이득을 보기 위해서 찾아온 것이 아니라는 결론을 내렸다.

그래서 더더욱 그들에게 보답을 하고 싶었다. 오해를 한 것에 대해서 미안한 마음도 들었다.

진검룡은 자신의 옆에 서서 헤어지는 것을 아쉬워하고 있는 소효령의 머리를 쓰다듬었다.

"이렇게 귀여운 누이동생을 얻은 것보다 더 큰 보답이 어디에 있겠소?"

진검룡은 그런 말을 하는 제 자신에게 놀라움을 금치 못했다. 어떻게 이런 임기응변이 술술 나오는지 모를 일이다.

"오빠······."

소효령은 크게 기뻐서 진검룡의 팔을 가슴에 꼭 안으며 눈물을 글썽였다.

조금 전에 현수란은 자신이 보답을 해주겠다고 하면 진검룡과 민수림이 원하는 것을 말할지도 모른다고 생각했는데 그 예상마저도 깨졌다.

"정말 아무것도 원하지 않는다는 건가요?"

현수란이 쐐기를 박듯이 물었다. 그녀는 이런 식으로 은혜를 받고 갚는 일에 익숙하지가 않다.

사업 수완은 타의 추종을 불허할 정도로 탁월한 그녀는 무엇이든지 돈으로 해결하려고 했다.

또한 돈을 싫어하는 인간은 없으며 좋은 일을 하고서도 대가를 원하지 않는 인간은 더욱 없다고 믿었다.

그런데 그녀의 그런 믿음을 여지없이 박살 내는 사건이 지금 눈앞에서 일어나고 있다.

"가겠소. 대접 고마웠소."

그렇게 말하고 나서 진검룡은 독보와 민수림과 함께 뒤도 돌아보지 않고 포구에 정박해 있는 배로 돌아갔다.

소효령은 진검룡에게 가지 말라는 말도 하지 못하고 그의 옷자락을 잡은 채 뒤따르면서 줄곧 울기만 했다.

현수란은 그런 딸을 보면서 눈동자가 가볍게 흔들렸다.

포구에 나란히 선 현수란과 소효령은 어둠 속으로 멀어지는 배를 바라보았다.

이윽고 배가 어둠 속에 파묻혀 시야에서 사라지자 현수란이 몸을 돌렸다.

"가자."

그녀는 아까 제압한 감시자들을 이제부터 직접 심문할 생각이다. 그자들에게 알아낼 것이 많다.

"흑흑……."

그런데 나직이 울고 있는 딸의 모습이 발걸음을 잡았다.

"령아."

"어머니……! 저는 오늘 이후 다시는 검룡 오빠를 만나지 못할 것만 같아요……! 어쩌면 좋아요……?"

"령아."

현수란은 딸을 부르다가 자신의 목소리가 딱딱하다는 사실에 흠칫 놀랐다.

그녀는 딸이 자신의 성품을 그대로 물려받기를 원하고 있다. 그런데 딸이 아무리 은인이라지만 지나칠 정도로 진검룡을 따르고, 또 그와의 헤어짐을 마치 어미가 죽은 것처럼 슬퍼하는 것을 보고 마음이 조금 언짢아졌다.

그런데 방금 딸을 부르는 자신의 목소리가 지나치게 딱딱했다는 사실을 깨달았다.

"죄송해요, 어머니."

소효령은 깜짝 놀라더니 서둘러서 손등으로 눈물을 닦으며 돌아섰다.

그 모습이 또 현수란의 마음을 건드렸다. 그녀는 자신이 딱딱하게 말을 해서 딸이 놀랐을 것이라고 생각했으나 정작 딸은 아무렇지도 않은 듯 눈물 닦기에 급급했다.

그걸 보고 현수란은 한 가지 사실을 깨달았다. 자신이 평소에 딸을 대하는 말투가 조금 전처럼 딱딱했었을지도 모른다고 말이다.

아니, 필경 딱딱했을 것이다. 딸의 행동이 그것을 보여주고 있지 않은가.

또한 말이 그랬다면 행동도 그러했을 것이다. 말과 행동이 따로 놀지는 않았을 것이다.

현수란은 아무렇지도 않은 것처럼 연신 주먹으로 눈물을 닦고 있는 딸을 물끄러미 바라보았다.

딸이 대견스러우면서도 안쓰러웠다.

진검룡과 민수림은 아까 십엽루에 갈 때처럼 이 층 선실 앞쪽 의자에 나란히 앉아 있다.

진검룡은 언제나 꼿꼿한 자세인 민수림을 쳐다보며 궁금한 표정을 지었다.

"수림, 아까 그건 무슨 얘깁니까?"

아까 민수림이 현수란에게 항주에 새 문파를 개파하겠다고 말한 것을 가리킨다.

"청풍원을 다시 열 계획은 없나요?"

진검룡은 귀가 번쩍 뜨였다.

"그렇게만 된다면 더 바랄 게 없습니다."

민수림이 그를 바라보았다.

"무슨 말을 하는 건가요?"

"네?"

"야망을 보태겠다면서요?"

"아……."

"그런데 고작 청풍원을 다시 여는 것에 만족하나요?"

진검룡은 머리를 긁적였다.

진검룡은 이왕 시작한 일인데 가는 데까지 가보자고 하면서 거기에 자신의 야망을 보태겠다고, 민수림은 거기에 자신의 희망을 보태겠다고 말했었다.

"나는 검룡이 사문을 이어서 청풍원을 재개파하든지 아니면 청풍원 대신 새 문파를 개파할 것이라고 예상했어요."

사실을 말하자면 진검룡은 그녀가 그런 것을 예상할 만한 행동이나 말을 한 적이 없다.

그러니까 새 문파를 개파하는 것은 순전히 그녀의 뜻이고 거기에 따를지 따르지 않을지는 진검룡의 몫이다.

그러나 그가 따르지 않을 이유가 없다. 청풍원을 잇거나 새로운 문파를 개파하다니 너무 근사하지 않은가. 진검룡의 가슴이 쿵쿵 큰 소리를 내면서 뛰었다.

진검룡은 궁금증이 하나 더 남았다.

"청성파라는 것은 무엇입니까? 구파일방의 청성파를 말하는 것이겠죠?"

"그래요."

진검룡은 눈을 빛냈다.

"수림은 청성파 출신입니까? 혹시 잃어버린 기억을 되찾았습니까?"

민수림은 엷은 미소를 지었다.

"아닐 거예요."

"그럼 어째서……."

"검룡, 청성파 무공 배우고 싶지 않아요?"

"어……."

진검룡은 멍했다가 불에 덴 것처럼 펄쩍 퉁기듯 일어났다.

"배우고 싶습니다! 가르쳐 주십시오!"

第十三章

순정강(純精罡)

　민수림은 운공조식에 깊숙이 빠져 있다.

　그녀는 동천목산에서 정신을 차린 이후 지금까지 십여 차례 운공조식을 했으나 특별한 이상을 발견하지 못했다.

　그녀의 공력은 정확하게 삼백오십 년 수준이다. 그것을 어떻게 정확하게 알 수 있는지는 모른다. 어쨌든 그녀가 측정을 해보니까 자신의 공력 수위는 삼백오십 년이다.

　항주의 일개 방파나 문파의 방주, 문주의 공력 수위가 잘해봐야 일 갑자인 육십 년에서 팔십 년 수준이고, 항주제일방파인 오룡방의 방주가 이 갑자 백이십 년 수준이다.

　그리고 구파일방의 장문인들이 이백 년, 당금 무림의 최고 배

분이며 신승이라는 소문이 자자한 소림사 혜각 선사(慧覺 禪師)와 무당파의 살아 있는 전설이라는 현우자(玄宇子)가 이백오십 년 수준이다.

그러므로 민수림의 삼백오십 년 공력이 과연 어느 정도인지 미루어 짐작할 수 있는 일이다.

지금 민수림이 시도하고 있는 일은 그녀의 체내에 있는 만천극렬수와 지정극한수의 순정기를 좀 더 자세히 조사해 보려는 것이다.

그녀는 자신의 체내에 도대체 어느 정도의 순정기가 내재되어 있는지 몰랐으므로 우선 그것을 측정하고 있는 중인데 그게 뜻대로 되지 않았다.

그런데 순정기가 공력하고는 사뭇 달라서 그녀가 알고 있는 여러 방법들을 사용해 봐도 도저히 측정이 되지 않았다.

그러다가 결국 측정을 포기하고 이번에는 순정기를 공력으로 전환하는 것을 시도해 보았다.

순정기가 얼마나 있는지 모르기 때문에 한꺼번에 전환하지는 못하고 일단 조금만 해보았다. 조금이라고 해봐야 그게 얼마큼인지 정확하게 모른다.

그러기 위해서는 그녀 본래의 공력하고 섞이면 안 되기에, 일단 단전을 닫은 후 소량의 순정기만을 끌어내 운공조식을 통해서 공력화하는 일을 시도했다.

'됐다.'

민수림은 십 년의 공력을 만드는 데 성공했다.

하긴 그녀가 뭔가를 시도해서 실패한 적이 거의 없다는 사실을 그녀는 모르고 있다.

그런데 희한한 일이 생겼다. 순정기를 소량 떼어내 공력화시켜서 십 년의 공력을 만들어냈는데도 불구하고 순정기가 그대로 남아 있는 것이다.

민수림은 이 상황이 이해되지 않아서 여러 차례 확인을 해봤으나 결과는 마찬가지다.

소량의 순정기를 십 년의 공력으로 전환했으나 소량의 순정기는 그대로 있으며 공력만 십 년 새롭게 생성된 것이다. 말이 안 되지만 그게 사실이다. 그녀가 실수할 리가 없다.

체내의 순정기가 얼마나 있는지 모르기 때문에 순정기 전체를 두고 확인할 방법은 없다.

하지만 몇 번을 확인해 봐도 전체 순정기에서 떼어낸 소량의 순정기가 그대로 남아 있는 것만은 분명하다.

애초에 그녀는 진검룡의 체내에 있는 순정기를 공력으로 전환해 주면 순정기가 지니고 있는 놀라운 능력을 잃어버리게 되는 것을 염려했다.

그런데 시험을 해본 결과 순정기를 공력으로 전환해도 순정기가 전혀 소멸되지 않는다는, 놀라우면서도 불가해한 일이 발생했다.

이어서 민수림은 순정기에 어떤 능력이 숨어 있는지 여러 방법을 시도하여 알아내려고 했으나 어이없게도 아무것도 알아내지 못했다.

지금껏 순정기에 대해서 그녀가 알아낸 것은 외부의 급습에 직면했을 때 순정기가 방어를 해준다는 것과 어떤 상황에서는 공격을 할 수도 있다는 사실이다.

그리고 순정기를 공력으로 전환했을 때 순정기는 소멸되지 않고 그대로 남아 있다는 것이다.

순정기의 또 다른 능력에 대해서 민수림이 알아내지 못한다면 모르긴 해도 천하에서 그것을 알아낼 사람은 아무도 없을 것이다.

아니, 순정기라는 것이 천하에서 오로지 두 사람에게만 유입됐으므로 대부분의 사람들은 그런 것이 존재하는지조차 모르고 있을 것이다.

어쨌든 순정기에 대해서 소기의 성과를 거둔 민수림은 오늘 진검룡의 체내에 있는 순정기를 공력으로 전환시켜 주리라고 마음먹었다.

진검룡은 조금 심드렁한 기분으로 실내의 침상에 앉아 있다.

민수림이 청풍원 시절에 사부에게 배운 청풍사선검과 운공조식을 하지 말라고 당부했기 때문에, 지금처럼 일도 나가지 않고 집에 있을 때에는 할 일이 없어서 방에서 빈둥거리고만 있는 것이다.

민수림은 진검룡이 사부에게 배운 것들은 무공이 아니라 무술이라고도 할 수 없는 조악한 것이라서 배울수록 몸을 망친다고 딱 잘라서 말했다.

진검룡은 자신이 십삼 년 동안 피땀 흘려서 익힌 무공을 그렇게 형편없이 폄하하는 사람을 처음 봤다.

하지만 진검룡은 그녀의 말을 인정한다. 안목이 별로 없는 그가 보기에도 청풍사선검은 그녀의 무공에 비하면 허접하기 짝이 없다.

'내게 수림의 능력 절반만이라도 있으면 좋으련만……'

민수림의 무공 수위가 어느 정도인지 모르지만 진검룡은 그녀가 무림에서 제일 고강할 것이라고 믿었다.

그의 짐작은 절반만 맞았다. 왜냐하면 그가 알고 있는 무림인이라고는 다 합해봐야 열 명도 되지 않으며, 엄밀히 말하자면 민수림이 무림제일인은 아니기 때문이다.

무슨 생각을 했는지 진검룡은 고개를 가로저었다.

'그건 아니다. 내가 수림의 절반이라니 당치도 않다. 그저 십분지 일만 되도 소원이 없겠다.'

민수림의 무공이 무림제일이라고 생각하는데 그 절반이면 항주제일은 될 것이다.

진검룡이 생각해 봐도 그건 지나친 욕심인 것 같았다. 그래서 십분지 일이라고 정정한 것이다. 이루어지지 않을 희망이지만 제 분수를 알자는 것이다.

"검룡, 들어가도 돼요?"

그때 문밖에서 민수림의 조용한 목소리가 들렸다.

진검룡은 얼른 일어나서 문을 열었다.

"수림, 어서 와요."

아까 아침 식사를 한 이후 처음 보는 민수림이라서 진검룡은 반가웠다.

민수림은 실내에 들어와서 방바닥을 가리켰다.

"앉아요."

진검룡은 실내에 탁자가 있는데 민수림이 어째서 바닥에 앉으라고 하는 것인지 궁금했으나 그녀 말대로 방바닥에 책상다리로 앉았다.

그런데 민수림이 자신의 뒤에 앉는 기척을 느끼고 진검룡이 가볍게 놀라서 뒤돌아보았다.

"수림, 어째서……."

"움직이지 말고 앉아 있어요. 이제부터 검룡의 체내에 있는 순정기를 공력으로 전환해 줄게요."

"아……."

진검룡이 크게 놀라고 기뻐서 뭔가 물어보려는데 민수림이 두 손으로 그의 양어깨를 잡고 움직이지 못하게 했다.

"순정기를 공력으로 전환하는 중에 움직이면 둘 다 잘못될 수 있어요."

"아… 네."

"말도 하지 말아요."

그렇게 당부한 민수림은 두 손바닥을 진검룡의 등 한복판
명문혈에 밀착시켰다.

"긴장 풀어요. 몸이 딱딱해지면 안 돼요."

진검룡이 극도로 긴장하여 몸이 단단하게 군자 민수림이
다시 주문했다.

"심호흡을 몇 번 해요."

진검룡이 길게 심호흡을 대여섯 번 했더니 긴장이 풀리면
서 단단했던 몸도 풀어졌다.

"시작해요."

민수림이 말을 하지 말라고 해서 진검룡은 대답하지 않고
잠자코 있었다.

'아… 이럴 수가……'

민수림은 적잖이 놀랐다.

진검룡의 체내에 잠재되어 있는 순정기 소량을 떼어내서
십 년 공력으로 전환시켰는데 그것으로 끝이다. 더 이상은 순
정기가 공력으로 전환되지 않았다.

세 번 더 시도해 봤는데 마찬가지다. 전체 순정기에서 처음
에 한 번 소량을 떼어낸 것으로 끝이다. 더 이상 떼어지지가

않는다.

민수림은 크게 실망했다. 그녀는 자신이 순정기를 한 번 더 공력으로 전환해 보고 나서 성공하고 난 다음에 진검룡에게 해줄 것을 너무 성급했다고 자책했다.

진검룡의 원래 공력은 십오 년인데 겨우 십 년 더 보태졌다고 해서 큰 차이가 없다.

물론 무림의 언저리에도 끼어들지 못한 수준의 진검룡으로서는 십 년 공력이 더 보태지는 것이 엄청난 행운이고 변화일 것이다.

그러나 이십오 년 공력으로는 무림의 언저리에 끼어들 수 있을지언정 무림인으로 행세하지는 못한다. 최소한 삼십 년 이상의 공력을 지녀야지만 삼류무사로나마 밥벌이 정도는 할 수 있을 것이다.

그렇지만 민수림의 생각은 그게 아니다. 그녀는 진검룡을 최소한 몇 갑자 공력을 지닌 일류고수로 만들고 싶은 것이다. 할 수만 있다면 그 이상도 괜찮다.

그런데 겨우 십 년 공력을 증진시키는 것으로 그쳤으니 그녀의 실망이 이만저만한 것이 아니다.

크게 실망한 그녀는 진검룡의 등에서 손을 떼려다가 손끝에 뭔가 이상한 기운을 감지하고 동작을 뚝 멈추었다.

조금 전에 공력으로 전환한 후에 내버려 둔 소량의 순정기가 그녀의 손끝에 느껴졌다.

그런데 그 소량의 순정기가 진검룡의 체내 한 군데에서 머물지 않고 마치 파도에 흔들리는 조각배처럼 이리저리 떠돌아다니고 있다.

민수림은 그것을 끌어다가 원래 한 덩어리로 뭉쳐 있는 순정기에 합치려고 했다.

그런데 그녀는 소량의 순정기가 다른 물질로 변했다는 사실을 감지했다.

눈에 보이지 않고 손에 잡히지 않지만 그녀는 그것이 본래 순정기와 달라졌음을, 아니, 현재도 느리게 변화하고 있음을 깨닫게 되었다.

그래서 그녀는 소량의 순정기를 억지로 전체 순정기에 합치려고 하지 않고 잠시 두고 보기로 했다.

그렇게 약 반각의 시간이 흐르자 마침내 소량의 순정기가 변화를 멈추었다.

그런데 그것은 원래의 순정기하고는 전혀 질(質)이 다른 그 무엇이 되어버렸다.

민수림은 그것을 명문혈 가까이 끌어당겨서 얇은 살갗 하나를 사이에 두고 자세히 살피려고 했다.

그런데 전혀 예상하지 않았던 일이 일어났다.

투우…….

"……."

진검룡의 등을 뚫고 투명한 무엇인가 밖으로 빠져나오자

그녀는 재빨리 명문혈에서 손을 뗐다.

민수림은 놀라서 눈을 크게 뜨고 진검룡의 등 밖 한 뼘 허공에 떠 있는, 투명하지만 은은하게 빛나는 물체를 뚫어지게 주시했다.

'이게 도대체……'

그것은 처음에 부러진 칼날 조각처럼 생겼는데 곧 납작해졌다가 다시 둥글게 뭉쳐지기도 하며 빠르게 모습이 변화하고 있는 중이다.

그런데 그것이 놀라고 있는 민수림의 손을 향해 빠르게 쏘아오는 것이 아닌가.

촌각을 열로 쪼갠 찰나지간에 그녀의 뇌를 번갯불처럼 스치는 것이 있다.

그녀는 급히 손에서 공력을 거두면서 재빨리 손을 피했다.

휙!

투명한 그것이 아슬아슬하게 그녀의 손등을 종이 한 장 차이로 스쳐 지나갔다.

그녀는 조금 전에 진검룡의 체내에 있는 그것을 살갗 하나를 두고 확인하기 위해서 끌어당겼기 때문에 그것이 몸 밖으로 튀어나왔으며, 손을 향해 쏘아온 것이라고 판단하여 재빨리 조치를 취한 것이다.

놀란 그녀가 지켜보고 있는 동안 그것은 허공에 작은 원을 그리더니 다시 진검룡의 등을 향해 쏘아갔다가 등을 뚫고 몸

안으로 사라졌다.

그렇지만 그의 등에는 어떤 상처나 흔적도 남아 있지 않고 말끔했다.

민수림은 그의 등을 뚫어지게 주시하다가 언뜻 어떤 생각이 떠올랐다.

'혹시 그것인가?'

그녀는 즉시 두 손바닥을 진검룡의 명문혈에 밀착하고는 방금 등으로 들어간 투명한 그것을 찾아내어 그의 오른팔로 천천히 이끌어서, 마지막으로 그의 중지에 멈추었다.

그러고는 잠시 공력을 거두고 지켜보는데도 그것은 손가락 끝에서 꼼짝도 하지 않았다.

민수림은 그의 등에서 손바닥을 뗐다.

'이게 내가 생각한 것처럼 성공한다면 이보다 좋은 일이 없을 거야.'

그녀는 아까 자신의 체내에서 십 년 공력을 만든 후에 내버려 둔 소량의 순정기를 찾아보았다.

확인해 본 결과 그녀의 체내에서 이리저리 떠돌고 있는 소량의 순정기 역시 진검룡의 그것처럼 변해 있었다.

그것이 일정한 시간을 두고 변하는 것을 그녀는 관심 있게 지켜보지 않았던 것이다.

하지만 그녀는 자신의 체내에 있는 그것을 그냥 내버려 두었다. 그녀는 강기(罡氣)를 자유자재로 만들 수 있기 때문에 구태여 이런 것이 필요하지 않다.

"검룡, 운공을 해보세요."

민수림의 말에 진검룡은 얼굴이 몹시 상기되어 기대에 가득 찬 표정으로 운공조식을 시작했다.

*   *   *

일각 후에 운공조식을 마친 진검룡은 크게 놀라고 또 기뻐서 어쩔 줄 몰랐다.

"수림! 공력이 십 년이나 증진됐어요! 어떻게 이럴 수가 있는 겁니까?"

공력이 겨우 십 년 증진한 것 갖고서 진검룡이 너무나 기뻐하는 모습을 보고 민수림은 씁쓸한 표정을 지으며 미안한 마음이 들었다.

자신이 좀 더 잘했으면 그의 공력을 더 증진시켜 줄 수도 있었을 테니까 말이다.

"검룡, 따라오세요."

민수림은 짧게 말하고 일어나서 방을 나갔다.

"넵!"

진검룡은 힘차게 대답하고 부리나케 그녀를 뒤쫓았다.

두 사람은 진검룡이 평소 매일 아침마다 검법 연마를 하는 호숫가의 갈대숲 아담한 공터에 나왔다.

진검룡은 잔뜩 기대하는 표정으로 민수림을 쳐다보았다.

"수림, 제게 청성파 무공을 가르쳐 줄 겁니까?"

민수림이 그렇게 말한 적이 있었으니까 진검룡이 그런 기대를 하는 것이 당연하다.

민수림은 차분하게 설명했다.

"검룡, 이건 내 생각인데요. 순정기를 십 년 공력으로 전환시키고 나니까 십 년 분량의 순정기가 강기로 변한 것 같아요."

"강기가 뭡니까?"

절정고수여야 검기나 도기를 전개하고 초극고수 수준이어야 강기를 구사할 수 있기 때문에 삼류무사도 못 되는 진검룡으로서는 '강기'라는 말을 처음 들어본다.

그가 살아온 세계에서는 주먹다짐이나 도검을 사용하는 것이 전부였다.

"강기는 체내의 공력을 응집시켜서 밖으로 발출하는 것인데 도검보다 몇 배나 강해요. 삼백 년 공력이 되면 발휘할 수 있을 거예요."

민수림의 말에 진검룡은 눈을 휘둥그렇게 뜨며 놀랐다.

"오오! 그런 걸 제가 발휘한다는 겁니까?"

그는 조금 전에 민수림이 한 말을 기억해 내고 손바닥으로 자신의 가슴을 두드렸다.

"저… 정말 강기가 제 몸속에 있습니까?"

"내가 검룡의 오른손 중지에 몰아두었어요."

진검룡은 놀라고 감탄한 표정으로 자신의 오른손 중지를 꼿꼿하게 세워보았다.

민수림이 갈대숲의 한쪽 방향을 가리켰다.

"그것을 한번 발출해 보세요."

"아아… 이거야 정말……."

진검룡은 자신의 오른손 중지를 세우고는 엄청 기대하고 긴장한 표정으로 어쩔 줄 몰랐다.

지난번에 순정기를 발출할 때 민수림에게 몽둥이로 두들겨 맞고 짱돌로 얻어터진 경험이 있는 진검룡은 경계하듯 그녀를 쳐다보았다.

"수림이 절 때릴 겁니까?"

"아니에요. 검룡 혼자 시도해 보세요."

"어떻게 하면 되는지 가르쳐 주십시오."

"나는 방법을 모르지만 어떻게 하면 될 것이라고 짐작은 할 수 있어요. 하지만 검룡이 직접 터득하는 편이 좋겠어요. 그래야지만 완벽하게 검룡의 것이 될 거예요."

진검룡은 눈을 껌뻑이다가 고개를 끄떡였다.

"그래야 할 것 같습니다."

스스로 터득해야지만 완벽한 자신의 것이 될 것이라는 민수림의 말에 그는 동감했다.

그는 그녀가 가리킨 방향을 향해 중지를 힘껏 뻗으며 우렁찬 기합을 터뜨렸다.

"이얍!"

츳······.

순간 그의 중지에서 무엇인가 흐릿한 것이 번뜩였다.

"아······."

진검룡이 가볍게 놀랄 때 그의 중지가 가리키고 있는 전방의 갈대숲에 어떤 변화가 일어났다.

사사아아······.

보이지 않는 칼이 지나간 것처럼 갈대 줄기가 일직선으로 길게 주르르 잘라지는 것이 아닌가.

서 있는 진검룡에게서 삼 장 거리의 갈대 줄기가 열 개쯤 잘리지더니 잠잠해졌다.

민수림은 눈도 깜빡이지 않고 지켜보다가 조금 실망하는 표정을 지었다.

'일회성이라는 말인가?'

진검룡의 중지에서 발출된 순정기가 돌아오는 것을 보지 못했기 때문에 그것이 한 번 발출되고 소멸되는 것이라는 생각이 든 것이다.

그녀가 보기에 십 년의 공력으로 전환한 다음의 순정기가 강기든 무엇이든 상관이 없다.

그것으로 상대를 찌르고 벨 수 있다면 그것은 최상의 공격

수법인 것이다.

하지만 그것을 한 번밖에 사용할 수 없다면 아무짝에도 쓸모가 없다.

그때 진검룡이 잘린 갈댓잎이 바람에 흩날리는 것을 보며 환호성을 터뜨렸다.

"야아! 굉장하군요!"

그는 자신의 중지를 꼿꼿하게 세운 채 들어 보이며 흥분을 감추지 못했다.

"와하하! 수림, 이게 대체 뭡니까? 이걸로 싸운다면 어느 누구한테도 백전백승일 겁니다!"

민수림은 진검룡이 기뻐하는 모습을 보면서 마음이 더없이 착잡해졌다.

그에게 그것이 일회성이라는 사실을 말해줘야 하는 것이 고문처럼 여겨졌다.

그래서 그녀는 자신의 경솔한 행동을 다시 한번 질책했다. 일단 자신의 체내에 있는 순정기로 전개를 해봐도 늦지 않은데 뭐가 급해서 서둘다가 진검룡을 실망시켜야 하는 것인지 못내 안타까웠다.

"수림, 한 번 더 해볼까요?"

그런 것도 모르고 신바람이 나서 외치는 진검룡의 목소리가 비수처럼 민수림의 가슴을 찔렀다.

민수림은 진검룡을 보면서 씁쓸하게 말했다.

"검룡, 그것은 일회성이라서……."

츳…….

그녀는 말을 끝맺지 못했다. 신바람이 난 표정의 진검룡이 불쑥 내민 중지에서 조금 전처럼 투명한 빛이 번뜩이는 것을 봤기 때문이다.

"……."

스사아아…….

또다시 진검룡의 중지가 가리킨 방향의 갈대 줄기가 우수수 잘려서 흩날렸다.

민수림은 땅으로 스러지는 갈대 줄기와 진검룡의 얼굴을 번갈아 쳐다보았다.

"검룡, 어떻게 된 거죠?"

진검룡은 민수림의 말뜻을 알아듣지 못했다.

"제가 뭘 잘못했습니까?"

"그게 아니라… 순정강(純精罡)이 언제 중지에 돌아온 거죠? 나는 못 봤어요."

"순정강이 뭡니까?"

민수림이 진검룡의 중지를 가리켰다.

"중지에서 발출되는 것이 순정강이에요. 그게 첫 번째로 발출되고 나서 언제 회수한 거죠?"

진검룡은 태연하게 고개를 가로저었다.

"저는 회수 같은 거 할 줄 모릅니다. 그런데 발출하자마자 중지에 돌아와 있던데요?"

"그래요?"

"다른 건 몰라도 그건 느낄 수 있습니다. 중지가 약간 뻐근하더라고요."

"아……."

민수림은 그제야 한 가지 사실을 깨닫게 되었다. 순정강은 발출될 때만 육안으로 흐릿하게 보이고 회수될 때에는 보이지 않는 것이다.

"지금 중지에 순정강이 돌아왔나요?"

진검룡은 중지를 자랑스럽게 민수림에게 뻗어 보였다.

츳…….

"넵! 돌아… 앗!"

그가 중지를 뻗자마자 순정강이 발출되어 민수림의 얼굴 정면으로 쏘아갔다.

"와악!"

진검룡이 혼비백산해서 괴상한 비명을 지르기도 전에 민수림이 급히 순정강을 피했다.

그녀도 자신이 어떤 수법으로 순정강을 피한 것인지 알 수가 없다.

반 장이라는 짧은 거리였기에 아무리 그녀라고 해도 피하는 것이 쉽지 않았을 텐데 순정강이 그녀의 얼굴을 향해 발출되는 순간 몸이 알아서 반응을 해주었다.

그녀는 단단하게 굳은 표정을 지었지만 머릿속은 어느 때보다도 차갑고 냉철했다.

방금 전 같은 상황에서 만약 진검룡의 공력이 지금보다 더 높았거나 민수림이 약했더라면 순정강이 얼굴 한복판에 관통됐을 것이다.

아니, 어쩌면 적중되지 않았을지도 모른다. 그녀 체내에도 순정기가 잠재되어 있기 때문에 위급한 상황에는 순정기가 발출되어 진검룡의 순정강을 퉁겨냈을 테니까 말이다.

진검룡은 얼굴이 해쓱해져서 곧 울 것 같은 표정으로 민수림을 바라보았다.

"괜… 찮습니까?"

"괜찮아요."

진검룡은 민수림의 얼굴이 굳어 있는 것을 보고 넙죽 허리를 굽히며 사과했다.

"제 잘못입니다. 죄송합니다."

민수림은 자신의 표정이 굳어 있다는 사실을 깨닫고 즉시 빙그레 미소를 지었다.

"검룡 잘못이 아니에요. 마음에 두지 말아요."

그러고서 그에게 당부했다.

"그것을 어떻게 할지 대책이 설 때까지 당분간 중지를 펴지 말도록 하세요."

진검룡은 즉시 중지를 구부렸다.

"그래야겠습니다."

"명심하세요. 까딱했다가는 소중한 사람들을 다치게 할 수 있어요."

진검룡은 방금 전에 하마터면 민수림의 얼굴에 구멍을 뚫을 뻔했던 일을 생각하고는 부르르 몸을 떨더니 비장한 표정을 지었다.

"안 되겠습니다. 실수해서 소중한 사람을 다치게 하기 전에 중지를 잘라 버려야겠습니다."

민수림은 깜짝 놀랐다.

"그러지 마세요. 지나친 반응이에요."

"그래도……."

진검룡 표정이 너무 심각해서 민수림이 그의 어깨를 두드리면서 위로했다.

"누구나 그런 실수를 할 수 있어요. 중지를 잘 구부리고 있으면 괜찮아요."

진검룡이 진지하게 말했다.

"농담입니다. 제 손가락을 왜 자릅니까?"

민수림은 두 손으로 그의 목을 조르고 힘을 주었다.

"농담하다가 죽어도 괜찮다는 뜻이죠? 네?"

"끄으으……."

진검룡은 사지를 파닥거렸다.

츠읏… 츳… 츳…….

순정강이 허공 여기저기에 마구 발출되었다.

진검룡은 독보와 둘이서 배를 타고 항주 성내로 향했다.

점심 식사 이후에 민수림은 자신의 방에서 무엇을 하는지 꼼짝도 하지 않고 있다.

오늘 진검룡은 예전에 하던 운송 일을 운송 동료인 광발에게 인수인계하고 잡다한 일거리 몇 개를 처리할 계획이다.

아무리 하찮은 일이라도 마무리를 흐지부지하는 것은 그의 성미에 맞지 않는다.

새로 산 배의 깃발에는 용림(龍琳)이라는 비뚤비뚤한 글씨가 적혀 있다.

진검룡의 '룡'과 민수림의 '림'를 따 한나절이나 걸려서 만든 깃발에 독보가 직접 글자를 썼다.

그런데 진검룡이 이 배 이름이 용림호냐고 물으니까 독보는 용림당(龍琳堂)이라고 말했다. 배를 집처럼 여겨서 집 당(堂) 자를 쓴다는 독보만의 해석이다.

그래서 이 배는 '용림당'이 되었다.

서호에서 항주 성내로 이어지는 강은 정심천(亭心川)이 유일하다.

정심천은 항주 북쪽 칠십여 리에 위치한 막간산(莫干山)에서 발원하여 항주 성내를 북에서 남으로 관통하다가 끄트머리에서 서쪽으로 꺾여 서호로 흘러든다.

서호에서 정심천을 통해 항주 성내로 진입한 이후에는 실 핏줄처럼 수십 줄기의 수로와 운하로 갈라져서 성내 구석구석 으로 갈 수가 있다.

그런데 오늘 서호에서 정심천으로 백여 장쯤 진입한 곳에서 통행료를 징수하고 있다.

원래 항주 성내와 근교 강과 운하, 수로를 통틀어서 통행료 를 받는 곳은 한 군데도 없고, 없어야 한다.

자연적으로 생성된 강과 나라에서 만든 운하, 수로의 통행 료를 나라에서 받는다면 얘기가 다르지만 이 통행료는 비응보 에서 걷고 있다.

그것도 비응보 자체에서 받는 것이 아니라 비응보 휘하 세 개 당이 돌아가면서 자기들 꼴리는 날에 멋대로 통행료를 받 고 있는 것이다.

비응보에는 제일당에서 제오당까지 다섯 개 당이 있다. 제 일당과 제이당은 내당(內堂)으로 보의 내부 일을 주관하고 제 삼당에서 제오당까지 삼 개 당이 외당(外堂)으로 바깥일을 도 맡는데, 이들 외당 세 개 당이 용돈벌이로 통행료를 징수하고 있는 것이다.

비응보가 통행료를 받는 것은 정심천만이 아니라 항주 성 내와 성 밖의 곳곳에서 행해지고 있다.

그런 일을 항주 현청의 관리나 비응보주, 그리고 항주제일방파인 오룡방에서도 필경 알고 있을 텐데 계속 진행되는 것을 보면 그들이 묵인하고 있다는 뜻이다.

오늘은 비웅보 제삼당의 열 명이 여러 대의 배로 정심천의 양쪽을 막고 복판에서 통행료를 징수하고 있다.

정심천은 항주 성내로 들어와서 양쪽을 축대로 막아 폭을 좁혔기 때문에 강폭이 십여 장밖에 안 되지만 그 때문에 수심이 매우 깊어졌다.

평소에 서호에서 정심천을 이용하여 항주 성내로 들어가거나 나오는 배가 하루에 수백 척에 이르기 때문에 통행료를 징수하는 곳은 차례를 기다리는 수십 척의 배들이 길게 늘어서 진풍경을 연출하고 있다.

진검룡의 배 용림당도 줄의 끄트머리에 섰다. 용림당 앞쪽에는 기다리는 배가 이십여 척이나 되었다.

第十四章

첫 싸움 완승

자기 차례를 기다리는 배들의 여기저기에서 날 선 불만의 목소리가 터져 나왔다.

하지만 앞쪽에서 통행료를 징수하고 있는 비응보 제삼당 무사들 귀에 들리지 않을 정도의 작은 소리로 그저 웅성거릴 뿐이다.

통행료는 배의 크기에 따라서 다르다. 진검룡의 예전 작고 낡은 배는 각전 석 냥을 냈었다. 지금 배 용림당 정도의 크기라면 아마 다섯 냥쯤 받을 것이다.

진검룡은 원래 느긋한 성격이지만 지금은 조금 짜증이 나기 시작했다.

현재 미시(未時: 오후 2시경)라서 서둘러야지만 성내 용정서가의 각 점포들을 일일이 돌면서 일을 보고 어두워지기 전에 집에 돌아갈 수가 있기 때문이다.

겨울 해는 유시(酉時: 저녁 6시경) 전에 일찌감치 저물기 때문에 어물거리다가는 가족끼리의 오붓한 저녁 식사 때에 맞추지 못하게 된다.

사모님 상명은 온 가족이 모인 저녁 식사를 매우 좋아한다. 더구나 가장인 진검룡이 돌아오기 전에는 저녁 식사를 아예 차리지도 않는다.

그 말은 아무도 저녁 식사를 하지 못하고 진검룡을 기다릴 것이라는 뜻이다.

성내에 들어가려는 배들만 있는 것이 아니라 나오는 배들도 있기 때문에 통행료를 내는 일이 더 늦어지고 있다.

날강도 같은 놈들에게 통행료를 내는 것도 짜증스러운데 이런 식으로 이각 이상 기다려야 한다는 생각을 하니까 진검룡은 등줄기로 화가 스멀스멀 기어 올라왔다.

예전의 그가 이런 상황에 처했다면 무조건 인내하고 기다렸을 것이다.

짜증은 나더라도 화는 나지 않을 것이다. 순종과 맹종이 몸에 뱄기 때문이다.

화가 나봐야 터뜨리면 자신만 손해라는 사실을 너무도 잘 알고 있다. 말하자면 약자의 설움이다.

그런데 지금은 다르다. 그가 달라진 것이다. 그는 더 이상 얼마 전의 약자가 아니다.

그에게는 순정강이라는 무적의 수법과 그가 위험에 처하면 언제나 나타나서 도와주는 순정기가 있기 때문이다.

순정기와 순정강이 그의 배포와 용기를 한없이 키워주었으며 통행료를 징수하는 비웅보 제삼당의 무사들을 같잖게 보도록 만들었다.

그때 한 척의 배가 진검룡의 배 용림당 옆을 스쳐 지나 통행료를 징수하는 곳으로 미끄러져 갔다.

진검룡이 쳐다보니까 용림당보다 조금 커 보이는 그 배의 깃발에는 한 마리 날아가는 제비의 그림이 선명하게 수놓아져 있었다.

항주에서 저런 문양을 사용하는 문파는 오대중방파의 하나인 연검문뿐이다.

다른 배들은 다 줄을 서는데 연검문은 맨 앞으로 가서 통행료도 내지 않고 무사통과할 것이다.

연검문이 비웅보와 같은 등급인 항주 오대중방파 중 하나이기 때문이다.

오대중방파들끼리 건드려 봤자 서로 손해이기 때문에 웬만한 일은 모른 체하거나 양보하는 것이 저들끼리의 암묵적인 약속이다.

진검룡은 멀어지는 연검문 배를 가리켰다.

"독보야, 저 배 따라가자."

기다리는 것도 싫고 통행료를 내는 것도 싫다. 거슬리면 박살 내겠다는 것이 진검룡의 생각이다.

독보가 좋은 이유는 진검룡이 시키면 이유를 묻지 않고 무조건 실행하기 때문이다.

독보가 차례를 기다리는 대열에서 매끄럽게 빠져나와 연검문의 배를 뒤쫓을 때 진검룡도 가세하여 부지런히 노를 저어 속도를 높였다.

잠시 후에 연검문을 나타내는 날아가는 제비 문양의 깃발과 '용림'이라고 적힌 깃발이 있는 단 두 척의 배가 통행료 징수대를 향해 곧장 나아갔다.

쏴아아…….

차례를 기다리고 있는 배의 사람들이 용림당을 쳐다보면서 손으로 가리키며 뭐라고 떠들었다.

연검문의 배는 그렇다고 치고 용림당은 대체 뭐기에 저러는 것이냐고 떠드는 것일 게다.

그러거나 말거나 진검룡은 전혀 신경 쓰지 않고 노 젓기를 그만둔 채 용림당 일 층 선수에 우뚝 서서 두 손을 양 허리에 얹고 전방을 주시했다.

그때 앞선 연검문 배의 무사 몇 명이 자신들의 배를 바짝 따라오고 있는 용림당을 쳐다보다가 따라오지 말라고 손짓을 하며 뭐라고 소리쳤다.

용림당이 자신들의 배를 따라와서 어부지리를 얻으려는 것으로 생각한 모양이다.

그렇지만 진검룡은 정면을 주시한 채 끄떡도 하지 않았다. 너희들이 아무리 그래도 난 내 길을 가련다, 하고 시위를 하는 듯한 모습이다.

그러자 잠시 후에 연검문 배가 속도를 줄이는 것 같더니 두 배의 거리가 가까워지자 두 명의 무사 즉, 연검 무사가 몸을 날려 용림당 앞쪽 갑판에 내려섰다.

쿠쿵!

그들은 겨우 일 장도 되지 않는 거리를 뛰어넘고는 갑판에 묵직하게 내려선 후 중심을 잃고 휘청거리다가 한 명이 주저앉았다.

그러나 곧 일어나더니 곧장 진검룡에게 다가왔다.

"이봐! 따라오지 말라는 말 못 들었나?"

그러나 진검룡은 그들에게 시선조차 주지 않고 전면만 응시하고 있다.

"이 자식이 감히!"

그러자 두 명의 연검 무사가 발끈하여 진검룡에게 더 가깝게 다가들면서 어깨의 검을 잡았다.

사실 진검룡은 두려움 때문이기도 하고 이 상황을 어떻게 할지 갈등하느라 연검 무사들을 쳐다보지 않는 것이다.

예전 같으면 연검 무사 앞에서 눈을 마주치지 못할뿐더러서 있지도 못했을 것이다.

그는 아랫배에 불끈 힘을 주고 용기를 내어 최대한 나직하게 말하려고 노력했다.

"이봐, 도현이는 잘 있느냐?"

두 명의 연검 무사가 걸음을 멈추었다.

"무슨 소리냐?"

"도현이가 누구냐?"

그들은 설마 진검룡이 연검문 소문주 태도현의 이름을 거침없이 부를 줄은 예상하지 못했다.

진검룡은 여전히 두려움과 갈등 때문에 연검 무사들을 쳐다보지 못한 채 짐짓 꾸짖는 목소리를 내려고 애썼다.

"연검문 무사가 소문주 이름을 모른다는 말이냐?"

"……."

두 연검 무사의 얼굴에 경악이 가득 떠오르더니 곧 공손한 자세를 취했다.

"소문주를 아십니까?"

진검룡은 고개를 끄떡였다.

"도현이가 내 아우야."

"아……."

두 연검 무사는 정중하게 포권을 했다.

"그러십니까? 속하들이 공자를 뵈옵니다."

"음."

두려움이 점차 사라지고 있는 진검룡은 뒷짐을 지면서 약간 거만하게 고개를 끄떡였다.

연검 무사 한 명이 조심스럽게 물었다.

"그런데 어떻게 소문주하고 형제가 되셨습니까?"

"흐흠, 납치됐던 도현이를 내가 구해서 연검문까지 데려다주었거든? 그랬더니 도현이가 날 형님으로 모시겠다고 먼저 말하더군."

"아!"

"그러십니까?"

진검룡은 경악하면서 크게 감탄하는 표정의 두 연검 무사를 향해 천천히 돌아섰다.

"내가 십엽루주의 딸도 구했다는 사실을 도현이가 얘기했는지 모르겠군."

"아… 그러십니까?"

연검 무사는 굽실거렸다. 연검문 소문주와 십엽루 소루주가 거의 동시에 납치됐다가 한날한시에 집으로 돌아왔다는 사실을 연검문과 십엽루 사람들은 다 알고 있다.

진검룡은 의기양양했다. 그는 기도로써 연검 무사들을 압도하려고 한껏 어깨를 활짝 펴고 고개를 빳빳하게 들었다.

"그래. 십엽루주는 이미 만나서 고맙다는 말을 들었지."

"그러셨군요."

연검 무사들은 진검룡이 제 얼굴에 금칠을 하면서 자랑하는 것이 좀 이상하다는 생각이 들었다.

하지만 그의 말이 사실이라면 워낙 굉장한 일이고 또 그가 굉장한 인물일 것이기 때문에, 미처 거기까지는 신경을 쓸 겨를이 없었다.

"나는 너희를 따라가는 것이 아니라 그저 내 갈 길을 가는 것뿐이다."

"그, 그러시겠지요."

"아… 네."

연검 무사들이 봤을 때 진검룡의 옷차림은 항주 성내 대부분의 사람들이 입는 복장이지만 무림에는 워낙 기인이사가 많으므로 그것 역시 신경 쓰지 않았다.

진검룡은 연검 무사들에게 손을 저었다.

"알았으면 너희 배로 돌아가라."

그런데 연검 무사들은 갈 생각을 하지 않고 굽실거렸다.

"공자, 그렇지 않아도 본 문의 문주께서 전체 문도들에게 소문주를 구해주신 은공을 반드시 찾아내서 본 문에 모셔 오라는 엄명을 내리셨는데 하늘이 도와 이렇게 은공을 만났으니 부디 본 문으로 행차하심이 어떠십니까?"

"바쁘다."

"공자, 그러지 마시고……."

"어서 가라."

진검룡은 일이 꼬이는 것이 싫어서 차가운 얼굴로 연검문 배를 가리키며 명령하듯 말했다.

연검 무사들은 어쩌지 못하고 쩔쩔맸다.

그때 앞선 연검문 배가 통행료를 받고 있는 곳에 이르러 잠시 멈추었다.

통행료를 받는 비웅보 제삼당 비웅 무사가 딱딱한 얼굴로 연검문 배를 향해 지나가라는 손짓을 해 보였다.

"통과하시오."

연검문 배가 통과하고 이어서 용림당이 지나가려고 하자 비웅 무사 두 명이 양쪽에서 갈고리가 달린 긴 막대기를 뻗어 용림당의 난간에 걸었다.

터텅!

"통행료를 내야지."

용림당 앞쪽 갑판에 진검룡과 같이 있는 두 명의 연검 무사가 비웅 무사들에게 정중히 말했다.

"우리 일행이오."

그러나 비웅 무사들은 들으려고 하지 않고 오히려 연검 무사들을 빈정거렸다.

"연검문 하나 봐줬으면 됐지 더 봐주는 것은 곤란하오."

"이분은 본 문의 귀빈이라는 말이오."

"그건 그쪽 사정이고,"

"어서 통행료 내시오."

가만히 보고 있던 진검룡은 슬슬 배알이 뒤틀려서 연검 무사에게 넌지시 말했다.

"너희들 혹시 연검문 소문주 태도현을 누가 납치했었는지 아느냐?"

그의 목소리는 꽤 커서 모두에게 다 들렸다.

"누굽니까?"

연검 무사들은 진검룡이 뜬금없이 말했지만 사실 누가 태도현을 납치하고 감금했었는지 몹시 궁금했다.

그것은 비단 연검문주뿐만이 아니라 연검문 사람이라면 누구라도 알고 싶어 했다.

진검룡은 비응 무사들을 가리키며 조롱하듯이 말했다.

"비응보 제삼당이 그랬지."

그의 말에 연검 무사들과 비응 무사들 모두 크게 놀랐다.

비응 무사들이 진검룡에게 버럭 고함을 질렀다.

"무슨 헛소리를 지껄이는 것이냐? 우리 제삼당이 언제 그런 짓을 했다는 것이냐?"

"네 이놈! 아가리 닥치지 못하겠느냐?"

연검 무사 두 명이 비응 무사들을 꾸짖었다.

진검룡은 그들의 말을 듣고 그들이 바로 비응보 제삼당 소속 무사들이라는 사실을 알게 되었다.

"이분은 납치되셨던 소문주를 구한 은공이신데 틀린 말씀을 하시겠는가?"

"비응보 제삼당이라면 네놈들도 본 문 소문주 납치에 가담했겠구나!"

비응 무사들은 발끈해서 고래고래 고함을 질러댔다.

"개소리 집어치워라!"

"저놈 아가리를 찢어놓겠다!"

그런데 마침 이곳에 있는 비응 무사 열 명 중에 연검문 소문주 납치에 관여했던 자가 두 명 있었는데, 그들은 아무 말도 하지 않고 뒷전에서 상황만 지켜보았다.

용림당 앞쪽 갑판에 있는 두 명의 연검 무사가 자신들의 배에 있는 동료 연검 무사들을 소리쳐 부르며 비응보 제삼당이 소문주를 납치한 흉수들이라고 알렸다.

그러자 연검문 배가 방향을 바꿔서 다가와 용림당과 맞닿더니 연검 무사 다섯 명이 모두 우르르 용림당에 옮겨 탔다.

진검룡이 한 말을 그대로 믿는 연검 무사 일곱 명과 그에 반발하는 비응 무사 열 명이 당장에라도 싸움을 벌일 듯이 기세등등하게 맞섰다.

진검룡은 일이 커져 버려서 도저히 어떻게 해볼 재간이 없는 상황이 돼버렸지만 그렇다고 해도 이런 상황으로 만든 것을 후회하지는 않았다.

그는 비응 무사 여덟 명이 분노한 표정으로 악다구니를 쓰면서 싸움도 불사할 것 같은데, 뒷전에 물러나 있는 두 명이 눈치를 살피는 모습을 발견했다.

'저 두 놈 수상하군.'

진검룡은 자신에게서 두 명의 비응 무사하고의 거리를 이 장 반쯤으로 계산하고 그 정도면 충분히 순정강을 발휘할 수 있을 것으로 판단했다.

일이 이렇게 된 이상 그는 물러서지 않을 각오다. 그에게는 순정강이 있으므로 마음만 먹으면 이곳에 있는 비응 무사 열 명을 모두 죽일 수도 있을 것이라고 자신했다. 그러므로 겁먹을 이유가 없다.

*　　　*　　　*

그는 뒤쪽에 서 있는 두 명의 비응 무사를 오른손으로 가리켰다. 하지만 중지는 접었다.

"너희 둘, 이리 가까이 와라."

그러자 두 명의 비응 무사가 움찔 가볍게 몸을 떨더니 꼼짝도 하지 않고 진검룡을 쏘아보았다. 어떻게 할지 궁리하는 것 같았다.

진검룡은 그들의 그런 행동을 보고 태도현과 소효령 납치에 그들이 가담했음을 확신했다.

그때 뒷전에 있던 두 명의 비응 무사가 서로 눈짓을 교환하더니 득달같이 진검룡에게 덮쳐오면서 어깨의 도를 뽑았다.

차창!

"이 자식! 어디에서 주둥이를 함부로 놀리느냐?"

그러나 진검룡은 눈도 깜빡거리지 않고 둘 중에 왼쪽의 비응 무사 허벅지를 겨냥하고서 느릿하게 중지를 폈다.

츳…….

그의 중지에서 매우 흐릿하게 순정강이 뿜어졌으나 그것을 발견한 사람은 아무도 없다.

픽!

"으악!"

덮쳐오던 두 명 중에서 왼쪽의 비응 무사가 처절한 비명을 지르면서 그 자리에 풀썩 주저앉았다.

그런데 그자는 왼쪽 옆구리에서 피를 콸콸 흘리다가 급히 손으로 상처를 틀어막았다.

"으으으……."

진검룡은 왼쪽 허벅지를 겨냥했는데 순정강이 옆구리에 적중된 것이다.

집에서 순정강을 발출하는 수련을 한나절밖에 하지 못했기 때문에 아직 숙달되지 못했다.

그러나 순정강을 원하는 부위에 맞히지 못했다고 해서 기가 죽을 진검룡이 아니다. 그는 이 정도 실수는 아무렇지 않게 여길 만큼 충분히 뻔뻔하다.

어쨌든 허벅지든 옆구리든 순정강으로 상대를 적중시켜서 모두를 경악시켰다는 사실이 중요하다.

모두들 방금 전까지 서로 욕을 해대면서 목청껏 떠들다가 비웅 무사 한 명이 피를 흘리면서 거꾸러지자 놀라는 얼굴로 고요해졌다.

진검룡은 주저앉은 비웅 무사 옆에 서서 두려움과 놀라움에 범벅된 표정을 짓고 있는 비웅 무사를 가리켰다.

"너, 이리 와라."

조금 전까지 진검룡을 죽이겠다고 도를 뽑아 들고 덮쳐왔던 비웅 무사는 주저앉은 동료와 진검룡을 두려운 얼굴로 번갈아 쳐다보았다.

그는 진검룡이 도대체 무슨 수법을 사용했는지는 모르지만 그가 동료의 옆구리를 꿰뚫어서 주저앉게 만든 것은 분명하다고 생각했다.

무려 이 장 반 거리에서 무기를 사용하지도 않고 단지 손가락으로 슬쩍 가리켰을 뿐인데, 동료가 옆구리에서 피를 뿜으면서 주저앉은 것이다.

그래서 비웅 무사는 진검룡이 지풍이나 그 이상의 수법을 전개했을 것이라고 믿었다.

지풍을 전개하려면 최소한 백오십 년 이상의 공력이 있어야지만 가능하다.

백오십 년 공력이면 구십 년 공력인 비웅보주보다도 일 갑자인 육십 년이나 더 고강하다.

항주제일방파인 오룡방의 방주 공력이 백이십 년이니까 진검룡이 그보다도 반 갑자나 그 이상 더 고강하다는 뜻이다.

사실 진검룡은 방금 전에 순정강을 발출하여 비웅 무사 한 명의 옆구리를 꿰뚫어 피가 콸콸 쏟아지게 만들어놓고는 심장이 벌벌 떨리고 다리에 힘이 풀려서 주저앉을 것만 같았지만, 지그시 어금니를 악물고 참았다.

그는 지금 겁나기도 하지만 한편으로는 신바람이 나기도 하는 묘한 기분이다.

겁이 나서 심장이 쫄깃해지고 온몸이 가늘게 떨렸지만, 자신의 중지 손가락질 한 번에 비웅 무사가 픽 자빠지고 다들 공포에 질려 있는 모습을 보니까 온몸에 전율이 일어날 만큼 황홀했다.

그는 발을 쿵! 구르며 검지로 비웅 무사를 가리켰다.

"죽고 싶으냐? 당장 달려오지 못하겠느냐!"

"와앗!"

태도현과 소효령 납치에 대해서 알고 있을 것이라고 짐작되는 비웅 무사는 진검룡의 손가락질에 놀라서 펄쩍 뛰더니, 눈썹이 휘날리도록 달려와서 시키지도 않았는데 진검룡을 향해 무릎을 착! 꿇었다.

"부르셨습니까……?"

진검룡의 일 장 앞 자신들의 배 앞쪽 갑판에 무릎을 꿇은 그의 목소리가 와들와들 떨렸다.

모두들 극도로 긴장하고 또 궁금한 표정을 지으며 무릎 꿇은 비웅 무사를 주시했다.

진검룡은 꿇어앉은 비응 무사를 응시했다.

"솔직하게 대답하면 살려주겠다. 알았느냐?"

"네… 네."

뒤쪽 바닥에 쓰러져서 피가 뿜어지는 옆구리를 움켜잡고 있던 비응 무사는 길게 늘어진 채 혼절했다.

진검룡은 어쩌면 그가 죽을지도 모른다는 생각을 하자 마음이 조금 어수선해졌다.

그런 것을 신경 쓰고 염려하는 것을 보면, 진짜 무림인이 되려면 아직 멀었다.

그가 처음 살인을 한 것은 며칠 전 잔지 패거리 파두인 칠지잔랑의 목을 자른 것이고 방금 전이 두 번째 살인이다.

하지만 첫 살인은 민수림이 도움을 준 것이고 두 번째는 순전히 진검룡 자력이다. 그래서 두 살인의 의미는 사뭇 다를 수밖에 없는 것이다.

어쨌든 진검룡은 끝내 마음이 편하지 않아서 비응 무사들에게 쓰러져 있는 비응 무사를 가리켰다.

"저놈을 돌봐줘라."

비응 무사 한 명이 다가가 그를 지혈하며 돌보는 것을 보고서야 진검룡은 마음이 놓여 다시 무릎을 꿇은 비응 무사를 굽어보았다.

"너 태도현과 소효령을 납치하는 일에 가담했었느냐?"

"……."

진검룡이 단도직입적으로 묻자 비응 무사는 겁에 질린 얼굴로 그의 눈치를 살피며 대답을 하지 않고 전전긍긍했다.

진검룡은 검지로 그자의 머리를 가리켰다.

"이마에 구멍이 뚫리고 싶은 거냐?"

"우왓! 마, 말하겠습니다……!"

그자는 머리를 바닥에 처박고 두 팔로 머리를 감싸면서 처절한 비명을 터뜨렸다.

조금 전에 동료가 옆구리에서 피를 콸콸 흘리며 쓰러지는 모습을 목격했으므로 자신의 머리에 구멍이 뚫리는 것이 저절로 상상됐다.

그가 무슨 말을 할지 연검 무사들도 그와 같은 동료인 비응 무사들도 긴장된 표정으로 지켜보았다.

"말해봐라. 연검문 소문주와 십엽루 소루주를 너희가 납치했었느냐?"

"그… 그렇습니다……."

"아아……."

"그럴 리가……."

지켜보던 연검 무사들과 비응 무사들 모두 탄성을 터뜨리며 크게 놀랐다.

진검룡이 다시 확인하듯이 엄한 목소리로 물었다.

"똑바로 말해라. 누가 연검문 소문주와 십엽루 소루주를 납치했느냐?"

"으음… 본 보 제삼당 당주 이하 이십여 명의 수하들이 가담했습니다. 저는 연검문 소문주를 납치할 때 가담했지만 망을 보는 정도였습니다. 저… 저는 연검문 소문주 얼굴조차 보지 못했습니다… 정말입니다……"

더듬거리는 말투였지만 연검 무사나 비웅 무사들 중에 제대로 듣지 못한 사람은 아무도 없다.

연검 무사들은 분통을 터뜨렸고 비웅 무사들은 착잡한 표정으로 아무 말도 하지 못했다.

자신들의 동료가 거짓말을 할 리가 없다. 그러므로 비웅보 제삼당이 연검문 소문주와 십엽루 소루주를 납치한 것이 틀림없는 사실인 것이다.

진검룡은 평소에 항주 성민들을 괴롭히는 비웅보에 대한 감정이 매우 나빴으므로 이 기회에 비웅보를 무참하게 짓밟아주고 싶었다.

"연검문 소문주와 십엽루 소루주를 납치한 후에 그들을 어떻게 했느냐?"

"네, 삼당주는 그들을……"

"그만 떠들어라! 이놈!"

차앙!

그때 근처에 서 있던 한 명의 비웅 무사가 느닷없이 어깨의 도를 뽑는가 싶더니 무릎 꿇은 채 실토하고 있는 비웅 무사의 머리를 향해 맹렬히 그어 내렸다.

그는 구체적인 사정은 모르지만 비웅보의 비밀이 까발려지는 것을 어떻게든지 막아야겠다고 판단한 것이다.

무사들이 크게 놀랐으나 워낙 창졸간에 벌어진 일이라서 아무도 대응하지 못했고, 무릎을 꿇은 비웅 무사는 고개를 돌려 자신의 얼굴을 향해 그어 내리는 도를 보면서 안색이 새하얗게 질려 버렸다.

"아아……."

그러나 도가 아무리 빠르다고 해도 손가락을 슬쩍 뻗는 것보다는 느리다.

진검룡은 갑작스레 벌어진 일에 움찔 놀랐으나 두 손으로 도를 잡고 힘껏 그어 내리고 있는 비웅 무사를 향해 재빨리 중지를 뻗었다.

츠읏…….

도가 무릎 꿇은 비웅 무사의 머리 한 자에 이르렀을 때 순정강이 도를 내리긋고 있는 비웅 무사의 콧등에 정확하게 적중되었다.

퍼어…….

"끅!"

순정강은 콧등으로 들어가서 뒤통수로 빠져나갔다.

순정강에 관통된 비웅 무사는 고개가 뒤로 덜렁 젖혀지더니 곧 바닥에 대자로 널브러졌다.

쿵!

"끄으으……."

진검룡은 그자가 쓰러져서 몸을 부들부들 떨다가 잠시 후에 잠잠해지는 것을 보고는 침을 꿀꺽 삼켰다.

그는 조금 전에 자신이 순정강으로 옆구리를 적중시킨 비응 무사를 쳐다보다가 얼굴이 굳어졌다.

그자는 피를 많이 흘려서인지 축 늘어져 있으며 그를 돌보던 비응 무사는 옆에서 착잡한 표정을 지으며 엉거주춤 서 있었다.

진검룡은 이곳에서 순정강을 발출하여 비응 무사 두 명을 죽음으로 이끌었다.

자신이 두 명을 죽였다는 사실에 가슴이 조금 벌렁거리고 눈앞이 부예졌으나 곧 괜찮아졌다.

그는 지그시 어금니를 악물었다.

'좋아, 까짓것. 어차피 무림계로 들어서겠다고 각오를 하지 않았는가… 그러니까 이것은 시작인 셈이다.'

그는 비응 무사 여덟 명을 천천히 훑어보면서 착 가라앉은 목소리로 경고했다.

"너희들 서툰 짓 하면 죽는다."

그렇게 말하면서도 그는 자신이 비응보의 무사들에게 이런 말을 하게 될 줄은 꿈에도 예상하지 못했다.

그래서 가슴이 벌벌 떨리면서도 가슴 깊숙한 곳에서 묘한 쾌감이 느껴졌다.

아마도 이런 맛에 사람들이 **뼈 빠지게** 무술을 배워서 무림계에 입문하는 것인가 하는 생각이 들었다.

비응 무사 여덟 명은 서툰 짓은커녕 감히 손가락 하나 까딱하지 못하고 시선을 진검룡에게 못 박았다.

진검룡이 언제 어느 때 손을 쓸지 모르기 때문에 정신을 바짝 차리려는 것이다.

하지만 막상 진검룡이 순정강을 발출하면 오룡방주조차도 피하지 못할 것이다.

이들은 하나같이 삼류무사라서 이런 상황에서 심하면 오줌을 지리기도 한다.

잠시 침묵하던 진검룡이 비응 무사들에게 손을 저었다.

"여기 막아놓은 것을 다 치우고 나서 너희들은 그만 물러가도록 해라."

비응 무사들은 그의 말뜻을 얼른 알아듣지 못하고 뜨악한 표정을 지었다.

진검룡이 이렇게 쉽게 용서해 줄 것이라고는 예상하지 않았기 때문이다.

그러나 진검룡은 그런 일은 비응보주에게 따져야지 졸개들을 족쳐봐야 아무 소용이 없다고 생각했다.

그는 한 가지 당부하는 것을 잊지 않았다.

"앞으로 항주에서 통행료 같은 것을 받다가 나한테 걸리면 국물도 없을 것이다."

비웅 무사들이 조용하자 진검룡이 무서운 표정으로 발을 쿵! 굴렀다.

"알아들었느냐?"

"네, 넵!"

"명, 명심하겠습니다!"

비웅 무사들은 부동자세를 취하고 목에 핏대를 세우며 목청껏 대답했다.

그런데 무릎을 꿇고 있는 비웅 무사가 다른 비웅 무사들의 눈치를 보면서 금방이라도 울 것 같은 표정으로 진검룡에게 애원을 했다.

"대협, 제발 저를 거두어주십시오……."

진검룡이 그가 무슨 말을 하는 것인지 몰라서 눈을 껌뻑거리며 물끄러미 굽어보고만 있는데 그는 마침내 눈물 콧물을 흘리면서 간청했다.

"대협께서 지금 저를 거두어주시지 않으면 저는 동료들 손에 죽고 말 겁니다. 부디 저를 수하로… 아니, 종으로 거두어주십시오… 크흑……."

第十五章

대협과 소협

　진검룡은 의아한 얼굴로 뒤돌아보았다. 그가 '대협'이라는
호칭을 사용했기 때문에 자신이 아니라 다른 사람에게 말하
는 것이라고 생각한 것이다.

　명백히 말해서 여태까지 아는 사람들이 그를 부르는 첫 번
째 호칭은 '호리'이고 두 번째는 '봉달이'다.

　'검룡'이라는 그의 이름을 불러주는 사람은 세상천지에 오
직 가족들뿐이었다.

　그렇기 때문에 그는 무릎을 꿇고 있는 비응 무사의 '대협'이
라는 호칭이 자신을 부른 것이 아니라고 생각했다. 지나치게
어색하기에 그렇게 생각하는 것도 과언이 아니다.

진검룡이 뒤돌아보자 연검 무사 한 명이 공손하게 고개를 숙이고 나서 말했다.

"대협, 그것은 저자의 말이 맞습니다. 저자가 비웅보의 치부를 실토했기 때문에 만약 비웅보에 돌아가면 처참하게 죽임을 당할 것입니다."

"그… 래?"

진검룡의 말이 어눌했다. 무릎 꿇은 비웅 무사에 이어서 연검 무사도 그를 '대협'이라고 불렀다.

그래서 '대협'이라는 호칭이 자신을 부르는 것이라는 사실을 깨닫고 정신이 멍해졌다.

'어흐… 이런 염병, 내가 대협이라니……'

그는 심장과 간이 동시에 오그라들고 몸이 벌벌 떨리며 오한이 들었다.

그는 항주에서 대협이라고 불리는 인물이 딱 두 명 있으며, 한 명은 오룡방주이고 다른 한 명은 금성문주라는 사실을 잘 알고 있다.

둘 다 항주양대방파의 수장이니까 당연히 대협이라고 불릴 만하다.

그러나 그들이 무림의 한복판에 나간다면 감히 얼굴을 꼿꼿하게 쳐들고서 자신이 대협이라고 말하지는 못할 터이다. 대협이라는 호칭을 듣기가 그처럼 어려운 법이다.

얼마 전까지만 해도 성내 저잣거리 용정서가 저 밑바닥에서 잡일이나 하던 진검룡이 대협 소리를 듣다니 이거야말로 기가 막히고 환장할 일이다.

"으흐흑… 대협……! 부디 거두어주십시오……!"

무릎을 꿇은 자는 아예 자신들 배에서 용림당으로 건너와서 무릎을 꿇고 진검룡 발을 부여안으며 흐느껴 울었다.

대협이라는 호칭의 황홀함에서 어느 정도 정신을 차린 진검룡이 비웅 무사들을 쳐다보니까 그들은 무릎 꿇은 비웅 무사를 무섭게 노려보면서 기회만 생긴다면 당장에라도 죽일 것 같은 표정을 지었다.

진검룡은 무릎 꿇은 비웅 무사에게 고개를 끄떡였다.

"너는 일어나서 내 뒤에 서라."

"으흐흑……! 고맙습니다… 대협!"

무릎 꿇었던 비웅 무사는 지옥에서 살아난 것처럼 벌떡 일어나서 진검룡 뒤에 섰다.

진검룡은 전방의 비웅 무사들을 차갑게 주시하며 명령했다.

"네놈들은 지금 당장 꺼지지 않으면 모두 죽고 싶은 것으로 알겠다."

비웅 무사들이 흠칫하더니 눈치를 살피면서 주춤주춤 물러나기 시작했다.

그때 진검룡은 비웅 무사 몇 명의 입가에 보일 듯 말 듯 흐릿한 미소가 매달리는 것을 발견했다.

"……."

동료가 두 명이나 죽고 한 명은 배신을 한 상황에서 쫓겨 가는 저들이 미소를 지을 리가 없다.

저런 야릇한 미소를 짓는다면 뭔가 그럴 만한 일이 있기 때문이다. '이 자식 실컷 까불어라' 하는 득의한 미소다.

그 순간 진검룡의 뇌리를 번뜩 스치는 것이 있다.

'이런 빌어먹을!'

그는 별안간 왼쪽으로 쓰러지듯이 피하면서 뒤를 향해 벼락같이 오른손 중지를 뻗었다.

차앙!

"죽어랏!"

츳…….

순간적으로 뇌리를 스쳤던 진검룡의 예감이 맞았다. 비웅보를 배신했다고 믿었던 놈. 무릎을 꿇고 종으로 거두어달라면서 눈물 콧물 흘리며 징징 울어대던 놈이 진검룡의 뒤에서 도를 뽑자마자 그의 목을 무지막지하게 베어오고 있다.

놈은 진검룡을 죽여서 자신의 죄를 씻으려고 했을 것이다.

그래서 비웅 무사들이 야릇한 미소를 지었던 것이다.

쉬익!

퍼억!

"으왁!"

도가 옆으로 쓰러지고 있는 진검룡의 귀를 스치고 아슬아슬하게 스쳐갔다.

머리카락 몇 올이 잘려 허공에 흩날릴 때 진검룡은 서늘한 느낌을 받았다.

그리고 순정강이 배신자의 오른쪽 눈에 적중되어 뒤통수로 빠져나왔다.

그런데 배신자는 죽지 않고 바닥에 쓰러져서 마구 버둥거리며 두 손으로 잡은 도를 미친 듯이 휘둘렀다.

"끄아아! 내 눈! 으아아아!"

그의 오른쪽 눈알이 터지고 뒤통수까지 관통되어 검붉은 피가 콸콸 쏟아져 나왔다.

그러는 것을 연검 무사 두 명이 검을 뽑아 가차 없이 배신자의 목과 심장을 찔러 버렸다.

진검룡은 왼쪽 옆으로 바닥에 쓰러지는 바람에 팔꿈치와 어깨가 무지하게 아팠다.

그러나 그것보다도 명색이 대협인데 좀 더 멋들어진 방법으로 피하지 못하고 바닥에 쓰러지는 모양 빠지는 행동을 한 것이 영 께름칙했다.

하지만 연검 무사들은 그런 생각을 하지 않는지 쓰러져 있는 진검룡 주위로 몰려들며 염려하는 표정을 지었다.

"대협, 괜찮으십니까?"

"대협, 다치지 않으셨습니까?"

봐라. 다들 대협이라고 부르는데 정작 대협이 아무리 불의의 습격을 당했기로서니 칼을 피한답시고 바닥에 볼썽사납게 쓰러지다니 참으로 쪽팔린 일이다.

"음, 괜찮다."

진검룡은 될 수 있는 한 느긋하게 일어나면서 손을 저어 자신이 정말 괜찮다는 시늉을 했다.

그는 비응 무사들이 주춤거리면서 자신의 눈치를 보는 모습을 발견하고 화가 발끈 올랐다.

저놈들이 조금 전에 교활하고 사악한 미소를 지었던 이유가 배신자가 도를 뽑고 있는 모습을 봤기 때문이라는 사실을 알게 되자 진검룡은 정수리가 뜨거워지면서 머리꼭지가 홱 돌아버렸다.

그가 분노하는 표정을 짓는 걸 봤는지 갑자기 비응 무사들이 두려운 표정을 지으며 빠르게 슬금슬금 물러났다.

그때 어떤 외침이 들렸다.

"야아! 호리야!"

저잣거리인 용정서가에서 가장 잘 알려진 호칭이 진검룡의 '호리'다.

그렇다면 방금 외침은 진검룡을 잘 알고 있는 저잣거리 사람이 그를 보고 부른다는 뜻이다.

지금 같은 상황에서 진검룡은 당연히 모른 체해야겠지만 사람의 반사적인 행동이라는 것이 어쩔 수가 없어서 그는 이미 외침이 들려온 쪽을 쳐다보고 있는 중이다.

그러다가 통행료를 내기 위해서 길게 줄을 서 있는 여러 척의 배 중간쯤에서 어떤 사람이 팔을 위로 번쩍 들고는 좌우로 흔들어대고 있는 모습을 발견했다.

진검룡은 그가 누군지 한눈에 알아보았다. 용정서가의 주루에서 일하는 주방 보조 도중락(都仲樂)인데 진검룡하고는 매우 절친한 사이다.

도중락 옆에는 누이동생인 도송(都松)이 서서 수줍은 미소를 짓고 있다.

두 사람은 남매로서 부모가 운영하는 주루에서 주방 일과 손님 시중 일을 맡고 있다.

진검룡이 도중락하고 막역한 친구가 된 가장 큰 이유는 도송과 가까워지기 위해서였다.

진검룡은 올해 십팔 세인 도송을 좋아하고 있으며 그녀도 진검룡에게 호감을 갖고 있다.

별일이 없다면 아마 두 사람은 몇 년 후에 혼인을 하게 될지도 모른다.

그렇지만 지금 같은 상황에 진검룡이 도중락과 도송에게 알은척을 할 수는 없는 일이다.

진검룡은 지금 이곳에서 생애 처음으로 대협이라는 호칭을 듣고 있는데 어찌 저잣거리 주루의 주방 보조 청년과 허드렛일을 하는 소녀하고 아는 사이일 수가 있겠는가. 절대로 그래서는 안 된다.

산통이 깨지는 것도 문제지만 진검룡의 신분이 드러나면 일이 꼬여서 복잡해지기 때문이다.

그런데 그때 도중락이 진검룡을 보고 소리쳤다.

"호리야! 너 여기에서 뭐 하냐?"

도송도 수줍은 미소를 지으면서 살짝 손을 흔들었다.

진검룡은 얼른 고개를 돌려서 두 사람을 외면하고 슬금슬금 도망치고 있는 비응 무사들을 향해 발작적으로 중지를 뻗으며 외쳤다.

"이놈들! 어딜 도망가느냐?"

츠웃!

퍽!

"흐악!"

가장 가까운 쪽의 비응 무사 한 명이 뒤통수에 순정강이 적중되어 엎드린 자세로 붕 떠올랐다가 배 바닥에 패대기쳐지더니 곧 숨이 끊어졌다.

그 광경을 보고는 도중락이 눈이 휘둥그렇게 떠지고 도송은 비명을 지르며 고개를 돌렸다.

진검룡은 연이어서 순정강을 두 번 더 발출했다.

츠웃! 춧!

퍼퍽!

"끄악!"

"와악!"

한 명은 등에, 또 한 명은 허벅지 뒤쪽에 순정강을 맞아 배 바닥에 나뒹굴면서 처절한 비명을 질렀다.

그들은 죽지 않고 바닥에서 팔다리를 버둥거리면서 흡사 돼지 멱따는 듯한 소리를 질러대면서 괴로워했다.

그 꼴이 너무 보기 싫고 듣기 싫어서 진검룡이 순정강을 한 발씩 더 발출하여 죽이고 나니까 살아남은 비응 무사들은 한 명도 보이지 않았다.

모조리 도망친 것이다. 동료가 버둥거리면서 살려달라고 비명을 질러대는데도 자신들만 살자고 줄행랑을 놓다니 과연 삼류무사다웠다.

연검 무사들이 진검룡을 향해 포권을 하면서 깊숙이 허리를 굽히며 외쳤다.

"대협! 감사합니다!"

십오 장쯤 떨어진 거리에 있는 도중락과 도송은 연검 무사들에게 둘러싸여서 잘 보이지 않는 진검룡 쪽을 보면서 고개를 갸웃거렸다.

"저 사람은 호리가 아닌 거 같아."

"그래요, 오라버니. 호리 오빠가 쟁쟁한 비응보 무사들을 저렇게 마구 죽일 수 있겠어요?"

두 사람은 호리라고 착각한 사람이 탄 배와 연검문 무사들이 탄 배가 멀어지는 것을 바라보다가 고개를 흔들면서 시선을 거두었다.

"나는 가지 않겠다."

연검 무사들이 연검문에 같이 가자고 애원하다시피 하는 것을 진검룡은 딱 부러지게 거절했다.

"따라오지 마라."

"대협……."

"대협, 어찌하여……."

연검 무사들은 진검룡을 이렇게 보낼 수는 없다는 심정이지만 그가 워낙 강경해서 어쩌지 못하고 전전긍긍했다.

연검 무사 세 명이 진검룡에게 비응보에 같이 가자고 사정하기 위해서 용림당에 타고 있는데 그중 한 명이 진검룡 앞에서 공손히 허리를 굽혔다.

"대협, 만약 저희들이 이렇게 빈손으로 돌아간다면 문주께 치도곤을 당할 겁니다."

진검룡에게 치명적인 약점이 하나 있는데 그것은 귀가 얇다는 사실이다.

상대가 강하게 나오면 배알이 뒤틀려서 반발을 하지만 반대로 사정조로 나오면 마음이 약해진다.

방금 말한 연검 무사가 허리를 펴고 최대한 공손한 자세로 말을 이었다.

"그러니 추후에 저희가 대협을 찾아뵐 수 있도록 계신 곳을 말씀해 주시든지 아니면 대협께서 날을 잡아서 본 문을 방문해 주시면 어떻겠습니까?"

진검룡이 들어보니까 그의 말이 꽤나 타당성이 있다.

"너 이름이 뭐냐?"

"승무단(承武壇) 연린조(燕鱗組) 조장 화룡(華龍)입니다."

"화룡이라… 좋은 이름이구나."

진검룡은 진심으로 고개를 끄떡였다.

"감사합니다."

이즈음 진검룡은 이곳에 있는 연검 무사들에게 하대를 하고 그들을 아랫사람처럼 대하는 것이 어느 정도 몸에 익어서 어색하지 않았다.

이십오륙 세에 키가 크고 굵직굵직하니 남자답게 생긴 화룡은 기대하는 표정으로 진검룡을 응시했다.

진검룡은 잠시 생각하다가 고개를 끄떡였다.

"알았다. 내가 조만간 연검문에 찾아가겠다."

화룡은 기쁜 표정을 지으면서도 쉽게 물러서지 않았다.

"조만간이라면 언제입니까?"

진검룡은 화룡이 이러는 것이 집요한 것이 아니라 정확한 것이라고 생각했다.

진검룡 역시 이런 성격을 지니고 있기 때문에 기분 나쁘게 여기지 않았다.

"흠, 사흘 후 오후에 가마."

"알겠습니다. 문주께 그렇게 전하겠습니다."

진검룡은 이렇게 말을 하고 있으면서도 자신이 어떻게 해서 신통하게 이런 의젓한 말투를 구사할 수 있는지 신기해서 죽을 지경이다.

그가 생각하기에 아마 아까 '대협'이라는 호칭을 듣고 나서 자신의 언행이 더욱 의젓해진 것 같다.

그리고 앞으로도 점점 더 의젓해지고 또 근사해질 것이라는 생각을 하자 기분이 너무 좋아졌다.

진검룡이 그렇게 약속하고 나서야 화룡을 비롯한 연검 무사들은 그를 놓아주었다.

용림당이 용정서가 방면으로 가는 수로에 진입하자 연검 무사들은 일제히 포권을 하며 깊숙이 허리를 굽혔다.

"대협! 다시 뵙겠습니다!"

진검룡은 어떻게 대답을 할까 아주 짧은 시간 고민하다가 마주 포권을 하면서 가볍게 고개를 숙이며 정말 의젓하게 말해주었다.

"소협들, 또 보게."

화룡을 비롯한 연검 무사들 얼굴이 환하게 피어났다.

대협과 마찬가지로 '소협'이란 호칭은 무림에서도 한 가닥 하는 대단한 인물들에게 주어진다.

다른 것이 있다면 대협이 나이 든 무림명숙이나 젊더라도 고강한 청년 고수에게 붙여진다면, 소협은 오직 삼십 세 미만의 쟁쟁한 청년 고수들에게만 붙여진다.

화룡을 비롯한 연검 무사들은 무사이면서도 진검룡에 의해서 방금 소협이 된 것이다.

*　　　　*　　　　*

차륵…….

진검룡은 시치미 뚝 떼고 주루의 주렴을 걷고서 안으로 성큼 들어갔다.

주루에서 손님 접객을 맡고 있는 도송이 회계대 옆에 서 있다가 들어서는 진검룡을 발견하고 깜짝 놀랐다.

"호리 오빠."

진검룡은 도송에게 손을 들어 보이면서 밝게 웃었다.

"송아, 오랜만이다."

도송은 뚫어지게 진검룡을 살피면서 보일 듯 말 듯 고개를 갸웃거렸다.

진검룡은 아까 강에서 도송에게 발견되었을 때 입었던 청의를 벗고 지금은 황의를 입고 있다.

또한 그때는 이마에 문사건을 묶었는데 지금은 예전처럼 부스스한 더벅머리 모습이다.

오늘 이곳 주루에 볼일이 있기 때문에 쓸데없는 오해를 살까 봐 미리 옷을 갈아입은 것이다.

도송은 아까 정심천의 비응보 무사들이 통행료를 받는 곳에서 봤던 사람이 진검룡이 아니라는 결론을 내렸지만 그래도 뭔가 석연치 않은 표정으로 그를 유심히 살펴보았다.

진검룡은 도송의 그런 속셈을 알고서도 모른 체하며 평소처럼 행동했다.

"송아, 아버지 어디에 계시니?"

그는 이곳 주루 다복루(多福樓)의 주인 도용곤(都勇昆)을 아버지라고 부른다.

도용곤도 자신의 아들딸과 형제처럼 친한 진검룡을 아들처럼 대해주고 있다.

도송은 진검룡을 살피느라 그의 말을 듣지 못했다.

"송아."

"아… 오빠."

진검룡이 어깨를 가볍게 슬쩍 건들자 그제야 그녀는 퍼뜩 정신을 차렸다.

진검룡은 자신을 뒤따라 들어온 광발을 가리켰다.

"송이 너 광 형 알지?"

진검룡이 동천목산에 가 있는 동안 그가 담당하던 구역을 광발에게 대신 봐달라고 부탁을 했었다.

그러니까 진검룡이 없는 동안 이곳 다복루도 광발이 물건을 배달했었으니까 도송이 그를 모를 리가 없다.

"웅. 알아, 오빠."

광발이 다복루에 물건을 배달하러 오기만 하면 반드시 도송을 보고 가야지만 직성이 풀렸다.

뿐만 아니라 그는 도송을 볼 때마다 징그러운 추파를 던지는가 하면 어떨 때는 몸을 만지려고 들어서 그녀를 질겁하게 만드는데 어째서 그를 기억하지 못하겠는가.

지금도 도송이 무심코 자신에게 시선을 주자 광발은 헤벌쭉 웃으면서 한쪽 눈을 찡긋해 보였다.

그 바람에 도송은 얼른 그를 외면하고 외려 진검룡에게 바짝 다가서며 두 팔로 그의 팔을 안고 주루 일 층 뒷문 쪽으로 이끌었다.

"아버지께선 마당에 계시니까 오빠가 직접 말씀드려."

"응. 그럴까?"

도송이 두 팔로 그의 팔을 안는 바람에 몸이 짓눌려서 진검룡은 움찔 놀랐다.

그가 팔을 빼려고 하자 도송이 더욱 힘을 주어 안는 바람에 뜻을 이루지 못했다.

진검룡은 이런 경우가 처음이다. 그는 지금껏 도송의 손을 두 번 잡아본 것이 고작이다.

그것도 그가 먼저 손을 잡은 것이지 그녀가 지금처럼 그의 팔을 가슴에 안은 것은 처음이다.

도대체 그녀가 어째서 갑자기 이런 행동을 하는 것인지 그로서는 짐작조차 할 수가 없다.

그는 자신이 힘을 주어 도송을 뿌리치면 그녀가 무안할까 봐 가만히 있었지만 가슴이 심하게 쿵쾅거렸다.

그가 힐끗 쳐다보자 도송은 빨개진 얼굴을 푹 숙이고 있었다. 그녀도 이런 행동을 하고 몹시 부끄러워한다는 뜻이다.

사실 도송의 의도는 진검룡 뒤에 있는 광발에게 보여주기 위함이다.

나는 이렇게 좋아하는 남자가 따로 있으며 우린 이런 사이라는 것을 드러내 놓고 시위하는 것이다.

과연 도송의 의도는 먹혀들었다. 뒤따르는 광발이 그 광경을 보더니 눈을 세모꼴로 뜨면서 진검룡과 도송의 뒤통수를 사납게 쏘아보았다.

주루 일 층 뒷문을 열고 나가면 마당이 나오고 그 너머에 집이 있으며 그곳에서 도송네 가족이 살고 있다.

탁!

도송은 진검룡과 나오자마자 문을 닫더니 광발이 나오지 못하게 고리를 걸어버렸다.

탕탕탕!

주루 안의 광발이 문을 두드리는데도 도송은 열어줄 생각을 하지 않은 채 진검룡을 이끌고 마당 옆의 창고로 뛰어가서는 급히 안으로 들어갔다.

"송아, 왜 그러니?"

도송은 밖을 살피더니 창고 문을 닫고 진검룡 앞에 바싹 다가서서 그를 올려다보았다.

"저 사람에게 오빠 일 넘겨주지 말아요."

진검룡은 의아한 표정을 지었다.

"왜? 무슨 일 있니?"

도송은 진검룡이 없는 동안 광발이 대신 배달을 와서 자신에게 어떤 짓을 했는지에 대해서 빠짐없이 설명해 주었다.

애기를 하고 난 도송은 눈물을 펑펑 흘리며 한 발 더 가까이 진검룡에게 다가들었다.

"오빠, 저 좋아하죠? 저도 오빠 좋아하고 있어요. 그러니까 제발 저 사람이 절 괴롭히지 못하게 해주세요."

진검룡은 화가 머리 꼭대기까지 솟구쳐서 눈이 쭉 찢어지고 코를 벌름거리면서 씩씩거렸다.

"저 새끼가 감히 얻다 대고……."

도송은 진검룡이 일을 광발에게 넘기지 말고 계속하라는 뜻에서 큰맘 먹고 고자질을 한 것이다.

그렇지만 진검룡으로서는 그런 것은 나중 문제고 지금 당장 화가 치밀어서 광발을 때려주지 않으면 참지 못하고 죽을 지경이다.

그가 창고를 뛰쳐나가려고 하자 도송이 깜짝 놀라서 두 팔로 그의 허리를 꽉 끌어안았다.

"안 돼, 오빠. 나가지 마."

광발은 용정서가에서 알아주는 싸움꾼이다. 무림인이나 무사들을 제외하고 용정서가에서 광발을 당해낼 사람은 아무도 없다는 것이 기정사실이다.

그는 덩치가 큰 데다 타고난 싸움꾼이고 일단 싸웠다 하면 끝을 보고야 마는 독종이다.

진검룡은 광발하고 싸워본 적이 없다. 아니, 광발만이 아니라 원래 그는 일반인들하고는 싸우지 않는다.

최대한 싸우지 않으려고 노력하다가도 끝내 싸울 수밖에 없는 상황이 되면 어쩔 수 없이 싸우는데 그때도 상대가 악질적인 건달이거나 무사들이다. 그러니까 광발은 진검룡이 아예 싸움을 못 하는 줄 알고 있다.

분노한 진검룡은 도송의 양어깨를 잡아 떼어내고는 급히 창고 밖으로 나갔다.

"송아, 너 여기에 있어라."

"오빠, 가지 마세요!"

도송은 결사적으로 외쳤지만 진검룡의 귀에는 들리지 않았다.

진검룡은 광발을 주루 뒤쪽 한적한 곳으로 데리고 갔다.

눈치 빠른 광발은 진검룡이 도송의 일 때문에 자신을 이곳으로 데리고 왔다는 사실을 짐작하고 있으면서도 모른 체하고 물었다.

"무슨 일이냐?"

진검룡은 이곳까지 광발을 데리고 오는 동안 자신의 감정

을 감추려고 하지 않고 얼굴에 다 드러냈으며 지금도 그러고
싶은 마음이 추호도 없다.

진검룡은 광발 정면 세 걸음 거리에서 마주 보고 서서 사
나운 표정을 지었다.

"너 이 새끼, 일 좀 대신 맡아달라고 했더니 나 없는 동안
에 송아한테 집적거렸다면서?"

"이 새끼가 죽으려고……."

평소에 그다지 고분고분하지는 않아도 언행을 가려서 하던
진검룡이 대뜸 욕부터 하는 데다 대놓고 본론을 들이밀자 광
발은 멍해져 버렸다.

그렇기 때문에 광발이 제정신을 차리는 데에는 약간의 시
간이 걸렸다.

슥!

그는 정신을 차리자마자 재빨리 품속에 오른손을 집어넣었
다. 늘 지니고 다니는 소도(小刀)를 꺼내려는 것이다. 소도만
손에 쥐면 무서울 게 없는 광발이다.

진검룡이고 나발이고 수틀리면 갈가리 조각을 내서 죽여
버릴 것이다.

"개자식아! 죽엇!"

그러나 그때는 이미 진검룡이 광발을 향해 허리를 굽힌 채
온몸을 내던져서 돌진하고 있는 중이다.

진검룡은 평소에 광발이 툭하면 꺼내서 보여주며 자랑하는

한 자루 소도를 언제나 품속에 지니고 다닌다는 사실을 잘 알고 있다.

지금 진검룡이 먼저 선수를 치는 이유는 광발이 소도를 꺼내면 상대하기 곤란해서가 아니라 더 이상 분노를 억누르고 있는 것이 어렵기 때문이다.

예전에는 어땠을지 모르지만 지금은 설혹 광발이 소도가 아니라 그 어떤 무기를 쥐고 싸운다 해도 진검룡은 그를 이길 자신이 있다.

그에게는 비웅 무사들을 죽인 순정강이 있으며 위기의 순간에 그를 보호해 주는 순정기가 있다.

그렇다고 해도 진검룡은 광발에게 순정기나 순정강을 사용할 생각은 눈곱만큼도 없다.

그런 것은 무림고수나 무사를 상대할 때 사용하는 것이지 저잣거리의 건달 축에도 끼지 못하는 광발 같은 잡종 놈에게 사용하는 것은 진검룡 스스로 부끄러운 짓이다.

광발을 상대하는 것은 진검룡의 기본 실력과 십 년 증진된 이십오 년 공력만으로도 충분하다.

"엇?"

광발은 진검룡이 먼저 선공을 할 거라는 사실과 그 속도를 예상하지 못했다가 움찔 놀라며 더욱 다급하게 품속의 소도를 꺼내려고 했다.

그러나 그보다 먼저 진검룡의 주먹이 광발의 턱을 거세게

올려쳤다.

뿌악!

"허윽!"

이십오 년 공력이 실린 주먹에 얻어맞은 광발은 뒤로 붕 떠올랐다가 등을 담에 부딪치고는 퉁겨져서 땅바닥에 구겨지듯이 쓰러졌다.

쿵!

그렇지만 그는 정신을 잃지 않았다. 진검룡이 저돌적으로 달려들자 그는 즉시 상체를 일으키면서 오른손의 소도를 미친 듯이 거세게 휘둘렀다.

진검룡은 광발의 오른팔을 정확하게 걷어찼다.

탁!

소도가 날아가서 담에 부딪쳤다가 저만치 땅에 떨어졌다.

진검룡은 연이어서 발끝으로 광발의 옆구리를 찍었다.

콱!

"끅!"

광발은 모로 쓰러져서 숨을 쉬지 못하고 눈을 까뒤집으면서 꺽꺽거렸다.

"끄으으……."

이어서 진검룡은 광발의 멱살을 잡고 아주 가볍게 일으켜 세워서 담에 밀어붙였다.

쿵!

광발은 입에서 피를 줄줄 흘리는데 얼굴 가득 패색이 가득 떠올랐다.

진검룡은 그의 오른팔 팔뚝을 움켜잡고 험악한 표정으로 으르렁거렸다.

"이 새끼야. 팔을 부러뜨려 줄까? 응?"

그러면서 팔뚝을 잡은 손에 지그시 힘을 주었다.

뚜두둑……."

그것만으로 팔에서 뼈 부러지는 소리가 나자 광발은 사색이 되어 비명을 질렀다.

"으아아!"

진검룡은 광발의 팔을 비틀지 않고 오로지 손아귀 힘을 이용하여 움켜잡는 것만으로 부러뜨리려 하고 있다.

팔을 비틀어서 부러뜨리는 것은 쉬운 일이지만 단지 힘으로 부수는 것은 아무나 할 수가 없다. 진검룡도 이십오 년 공력이 없다면 불가능한 일이다.

진검룡은 손에서 힘을 풀었다.

"한 번만 더 송아 근처에 얼씬거리면 그땐 목을 부러뜨리겠다. 알겠느냐?"

광발은 진검룡이 자신이 알고 있던 그가 아니라는 사실을 뼈저리게 깨달았다. 그는 목이 부러질 정도로 세차게 끄떡이며 대답했다.

"으으… 아… 알았습니다……! 제발 용서하십쇼……!"

진검룡은 그의 팔을 잡고 홱 집어 던지듯이 패대기쳤다.

광발은 저만치 땅바닥에 내동댕이쳐지며 죽는다고 비명을 질러댔다.

"으아악!"

진검룡이 대로 쪽으로 뻗은 골목길을 걸어가다가 이상한 낌새에 멈춰서 뒤돌아보니까 광발이 비틀거리면서 이쪽을 향해 서 있는데 오른손에 소도가 쥐어져 있다.

광발은 눈에 핏발이 곤두섰고 악다문 이빨 사이로 씨근거리는 숨소리가 새어나왔다.

방금 전에 그는 걸어가는 진검룡의 뒷모습을 보면서 급습을 할지 말지 갈등했었다.

진검룡은 그를 잠시 주시하다가 고개를 돌리고 다시 대로 쪽으로 걸어갔다.

저벅저벅…….

어디 공격하려면 해보라는 것이다. 만약 광발이 공격한다면 이번에는 정말 죽여 버릴 생각이다.

그렇지만 진검룡이 대로까지 걸어 나올 동안 광발은 공격하지 않았다. 아니, 못 했다.

第十六章

청성파 대라벽산(大羅劈散)

용정사가에서의 일들을 깔끔하게 마무리하고 용림당을 타고 집으로 돌아가는 길에 독보가 조심스러운 표정을 지으며 진검룡에게 물었다.

　"대사형, 아까 낮에 비웅보 무사들을 죽인 수법 말이에요."

　독보는 낮에 비웅보 무사들이 통행료를 받는 장소에서 자신이 두 눈으로 똑똑히 목격했던 광경을 온종일 궁금하게 여기다가 이제야 물어보는 것이다.

　주위는 이미 어두워졌으며 앞쪽 갑판에 전방을 비추는 등을 환하게 밝힌 용림당은 정심천을 빠져나와서 서호로 들어서고 있는 중이다.

진검룡은 독보가 무엇을 물어보려는 것인지 짐작하지만 잠자코 있었다.

"대사형의 수법은 분명히 본 문의 무술이 아니었어요. 더구나 한 번도 본 적도 들은 적도 없는 굉장한 것이었어요. 멀리 떨어져 있는 비웅보 무사들을 손가락질만으로 죽이다니 도대체 그게 무엇이었나요?"

진검룡은 참고 참았던 감탄을 터트리는 독보의 머리를 쓰다듬었다.

"보야, 나는 동천목산에서 새로운 무공을 터득했단다."

그로서는 그렇게밖에는 설명할 수가 없다.

독보는 호기심으로 눈을 빛냈다.

"아까 비웅보 무사들을 죽인 수법이 그건가요?"

"그래."

"그게 뭐였죠?"

"그게 말이다."

진검룡은 저 멀리 서호 동쪽 호변의 기루 유람선 수십 척이 환하게 불을 밝힌 채 떠 있는 광경을 바라보았다.

"순정강이라는 것인데 수림이 만들어주었기 때문에 자세한 것은 나도 잘 모른단다."

그는 될 수 있으면 독보에게 자신이 알고 있는 것을 솔직하게 말해주려고 했다.

그렇지만 동천목산 온천탕 속에 앉아 있다가 벌어진 일들에 대해서는 말하고 싶지 않았다. 그것은 독보가 알아도 그만이고 몰라도 그만이기 때문이다.

독보는 몹시 기대 어린 표정으로 두 손을 가슴 앞에 모으고 말했다.

"그거 한번 보여줄 수 있어요?"

진검룡은 잠시 생각하다가 고개를 끄떡였다.

"그러마."

그는 독보에게 순정강을 보여주는 것이 어렵지 않은 일이라고 생각했다.

그래서 어느 곳으로 순정강을 발출하면 좋을지 주위를 두리번거리다가 우측 호숫가에 관도를 따라서 길게 늘어선 나무들을 발견했다.

용림당은 관도와 평행을 이루고 오 장 정도의 거리를 둔 채 호수 북쪽을 향해서 느릿하게 나아가고 있는 중이다.

그런데 진검룡이 있는 용림당 앞쪽 갑판에서 관도의 나무까지 거리가 오 장 정도 되는 것 같아서 거기까지는 순정강을 발출해도 닿지 않을 것 같았다.

아까 낮에 비응 무사들을 죽일 때 가장 먼 거리가 이 장 조금 넘었었다.

하지만 오 장은 이 장의 두 배 반 거리라서 맞히는 것은 불가능할 것 같았다.

하지만 순정강을 발출할 방향이 마땅하지 않아서 진검룡은 그냥 관도의 나무를 맞히기로 했다.

나무까지 닿지는 않겠지만 독보에게 순정강이 쏘아가는 광경을 보여주자는 것이다.

"봐라. 관도 쪽이다."

독보가 눈도 깜빡이지 않고 관도를 주시하고 있을 때 진검룡은 오른손 중지를 쭉 폈다.

츠읏!

밝은 낮에는 매우 흐릿한 순정강이었으나 캄캄한 밤에는 찰나지간이지만 똑똑히 보였다.

비록 번쩍! 하면서 일직선으로 빛이 뿜어지는 찰나지간이지만 진검룡과 독보는 순정강이 관도를 향해 뿜어졌다가 사라지는 광경을 제대로 보았다.

딱!

그런데 관도 쪽에서 뭔가 부러지는 소리가 났다.

그러더니 팔뚝 굵기의 부러진 나뭇가지 하나가 아래로 떨어지는 모습이 보였다. 순정강이 오 장 거리의 나뭇가지를 부러뜨린 것이다.

그렇지만 독보는 어두워서 그것을 보지 못하고 단지 순정강이 번뜩이면서 빛처럼 발출됐다가 순식간에 사라지는 것만 보았을 뿐이다.

진검룡은 땅에 떨어진 나뭇가지를 보면서 적잖이 놀라는 표정을 지었다.

'맙소사… 오 장 거리인데…….'

그는 자신이 무려 오 장 거리의 나뭇가지를 순정강으로 부러뜨렸다는 사실이 믿어지지 않을 정도로 놀라웠다.

다시 순정강을 발출해서 확인을 해봐야겠지만 잘못 본 게 아니다. 분명히 오 장 거리의 나뭇가지를 부러뜨렸다.

그는 독보가 보지 않을 때 얼른 관도의 나무를 향해서 다시 순정강을 발출했다.

츳…….

퍽!

이번에는 나뭇가지가 아니라 나무 몸통에 적중됐다.

진검룡은 머리털이 쭈뼛거릴 만큼 기분이 좋아졌다.

'오옷! 제기랄! 이거 장난이 아니잖아…….'

그때 독보가 놀라움과 감탄으로 범벅된 표정을 지으며 진검룡에게 말했다.

"와아… 굉장하군요, 대사형……."

"응. 그래."

순정강이 오 장이나 쏘아간다는 사실 때문에 크게 흥분한 진검룡은 건성으로 고개를 끄떡였다.

진검룡과 독보는 술시(밤 8시경)가 넘어서야 집에 도착했다.

예상했던 대로 상명과 장한지는 집 뒤쪽 호숫가에 나와 캄캄한 호수를 바라보면서 진검룡이 돌아오기만을 하염없이 기다리고 있었다.

집 뒤의 호숫가에는 예전에 진검룡과 독보 등이 한 달 넘게 공사를 해서 만든 작은 전용 포구가 있으며 가족이 배를 기다릴 때에는 포구 기둥에 횃불을 밝혀두어서 그것을 보고 찾아오도록 한다.

장한지가 어둠 속에서 불을 밝히며 다가오고 있는 용림당을 발견하고 기쁘게 소리쳤다.

"어머니! 저기 배가 오고 있어요!"

"그래. 나도 봤다."

그제야 상명의 얼굴에 안도의 표정이 떠올랐다. 그녀는 진검룡과 독보가 일을 나갔다가 돌아올 때쯤이면 하루도 빠짐없이 포구에 나와서 배를 기다렸다.

예전 배에 비해서 두 배 반 이상 큰 용림당은 날렵하게 미끄러져 들어와서 포구에 닿았다.

쿵!

독보가 뛰어내려서 배를 포구에 고정시키는 사이에 진검룡은 호숫가로 뛰어내려 상명에게 다가갔다.

"사모님, 나와계셨습니까?"

"그래. 늦었구나."

두 사람은 관계만 사모님과 대제자이지 실생활에서는 모자지간이나 다름없이 지내고 있다.

진검룡은 혹시 민수림이 나오지 않았는지 둘러보았지만 그녀의 모습은 보이지 않았다.

그녀가 나와서 기다리고 있을 리가 없다는 것을 잘 알면서도 괜히 조금 서운했다.

상명은 진검룡의 손을 잡고 집으로 이끌었다.

"배고프겠다. 어서 가서 밥 먹자."

상명이 언제나 진검룡만 챙기는데도 독보는 아무렇지도 않은 듯 싱글벙글 웃으면서 장한지와 나란히 걸으며 물었다.

"헤헤… 배고프다, 지아. 오늘 저녁은 반찬이 뭐야?"

진검룡이 항주에 갔다가 집에 귀가할 때 보이지 않았던 민수림은 저녁 식사 때에도 모습을 드러내지 않았다.

장한지 말에 의하면 민수림은 낮에 진검룡이 나가고 난 직후에 집을 나갔는데 아직까지 돌아오지 않았다는 것이다.

그래서 왠지 불안해진 진검룡은 저녁 식사 후에 집 앞쪽으로 나가 이리저리 돌아다니면서 찾아봤지만 그녀의 모습을 발견하지 못했다.

이상한 일이다. 진검룡은 아까 저녁 식사를 할 때까지만 해도 민수림이 여길 떠났을 것이라는 생각은 손톱만큼도 생각하지 않았었다.

그런데 지금은 어쩌면 그녀가 돌아오지 않을지도 모른다고 아니, 이대로 훌쩍 떠났을 것이라는 생각마저 들었다.

그러고는 어째서 그녀가 떠날 것이라는 생각을 지금껏 하지 않은 것인지 어이가 없어서 쓴웃음이 났다.

민수림의 신분이 무엇인지는 모르지만 진검룡하고는 전혀 다른 세계의 사람인 것만은 분명하다.

어쩌면 그녀는 잃었던 기억을 찾았기 때문에 아무런 말도 없이 떠났을지 모른다.

자신이 누군지 기억났다면 진검룡 같은 하급의 사내 곁에 한시라도 붙어 있고 싶지 않았을 것이다.

그런데도 진검룡은 민수림이 떠났을 것이라는 확신이 서지 않아서 밤늦게까지 집 근처를 헤매다가 끝내 그녀를 찾지 못하고 집에 돌아왔다.

그는 집에 돌아와서도 혹시 자신이 밖에 나가 있는 동안 그녀가 돌아왔을지도 몰라서 그녀의 방을 비롯한 집 안 곳곳을 찾아보았으나 허사였다.

그렇게 민수림을 찾으면서 기다리다가 자정이 넘어서야 그는 잠자리에 들었다.

침상에 누웠는데도 도무지 잠이 오지 않았다. 민수림이 떠났다는 사실 때문이다.

아니, 그녀는 민수림이 아니다. 그것은 진검룡이 지어준 이름일 뿐이다.

"후우… 젠장……."

진검룡은 지독한 꿈, 아니, 악몽을 꾸었다. 민수림이 악인들에게 포위되어 집중 공격을 당하고 있으며 그녀는 온몸에 중상을 입은 채 피를 철철 흘리고 있었다.

그래서 진검룡이 도와주려고 애썼지만 어떻게 된 일인지 그는 민수림 근처로 다가갈 수가 없다.

"아아… 수림… 위험합니다……."

몸부림치면서 잠꼬대를 하다가 그는 번쩍 눈을 떴다.

"……."

그는 잠시 동안 눈을 껌뻑거리다가 자신이 지독한 악몽을 꾸었다는 사실을 깨달았다.

"후우… 꿈이었어…수림은 무사한 거야."

그는 길게 한숨을 내쉬고는 아무런 생각 없이 컴컴한 천장을 물끄러미 응시했다.

그러다가 자신의 옆에 무언가 거무스름한 물체가 있는 것 같은 느낌이 들어서 무심코 천천히 고개를 돌렸다.

그러다가 거기에 우두커니 앉아 있는 한 명의 시커먼 사람을 발견하고 놀라서 비명을 질렀다.

"……."

그러나 그는 경악하는 표정을 지은 채 입만 크게 벌렸을 뿐이지 아무 소리도 지르지 못했다. 어느샌가 아혈이 제압됐기 때문이다.

실내가 캄캄하지만 이십오 년 공력을 지닌 진검룡은 침상가에 앉아 있는 어떤 사람이 민수림이라는 것을 오래지 않아서 알아보았다.

'수림……'

진검룡이 놀랍고도 반가워서 급히 상체를 일으키면서 말하려는데 몸이 움직여지지 않고 말도 나오지도 않았다.

[가만히 누워 있어요. 검룡이 소리치면 가족들이 깰까 봐 내가 혈도를 제압했어요.]

"……"

민수림의 전음을 들은 진검룡은 지금이 어떤 상황인지를 이해하기 위해서 잠시의 시간이 필요했다.

제일 먼저 그는 민수림이 떠나지 않고 돌아왔다는 사실에 크게 기뻤다.

두 번째 그녀가 자신의 손목을 잡고 있는데 체내에서 어떤 묘한 일이 벌어지고 있다는 느낌을 받았다.

그런데 그것은 지난번 십 년 공력이 증진되고 나서 오른손 중지에 순정강이 생겼을 때하고 비슷한 느낌이다.

진검룡은 어제에 이어서 오늘도 민수림이 공력을 십 년 증진시켜 줄 것이라고 짐작했다.

그렇지만 진검룡은 공력이 증진되는 것보다 민수림이 떠나지 않았다는 사실이 훨씬 더 기뻤다.

[다 끝나가니까 잠시만 기다려요.]

잠시 후에 민수림이 진검룡의 손목에서 손을 떼면서 육성으로 나직이 말했다.

"됐어요. 일어나도 돼요."

진검룡은 민수림이 자신의 혈도를 두드린다거나 혈도가 풀리는 아무런 느낌도 받지 못했는데도 상체를 일으키니까 움직여져서 적이 감탄했다.

그는 침상 가에 걸터앉았다가 일어서려고 하는 민수림의 손을 덥석 잡았다.

"수림, 어딜 갔었습니까? 저는 수림이 떠난 줄 알고 얼마나 찾았는지 아십니까?"

"미안해요."

민수림이 잡힌 손을 살며시 뺐다.

"아… 죄송합니다."

진검룡은 공손하게 물었다.

"무슨 일이 있었습니까?"

"봉황산에 갔었어요."

봉황산은 서호 북쪽에 있는 산이며 높이 백오십여 장의 야산 정도 크기다.

"봉황산 조용한 장소에서 운공조식을 했어요."

운공조식을 하려면 집에서 해도 되는데 어째서 봉황산까지 갔었는지 진검룡은 이해할 수 있을 것 같았다.

그녀는 집하고는 다른 환경에서 운공조식을 하면서 자신의 잃어버린 기억을 되찾기 위해 노력했을 것이다.

    *   *   *

　진검룡은 축시(밤 2시경) 무렵에 민수림에게 이끌려 집에서 이백여 장 떨어진 어느 숲으로 나왔다.

　그는 조금 전 자신의 침상 위에서 한 차례 운공조식을 해보고는 공력이 십 년 더 증진되어 도합 삼십오 년이 된 것을 확인하고 기쁨을 감추지 못했다.

　민수림은 캄캄한 숲속의 아담한 공터에 멈춰서 진검룡을 보며 일러주었다.

　"왼손 중지에 순정강을 모아두었어요."

　어제는 순정강을 오른손 중지에 모아두었는데 오늘은 왼손 중지에 모아두었다고 한다.

　양손에 순정강이 있다니 진검룡은 자신이 천하제일인이라도 된 것처럼 기뻤다.

　천하와 무림에 대해서 아직 잘 모르는 그는 세상천지에 순정강을 이길 것은 없다고 자신만만했다.

　"정말입니까?"

　그는 그렇게 예상은 하고 있었지만 막상 그 말을 들으니까 흥분해서 가슴이 심하게 두근거렸다.

　민수림은 대답 대신 한 그루 나무를 가리켰다.

　"왼손 중지로 순정강을 발출하여 저 나무를 맞혀보세요."

　그녀가 가리킨 것은 삼 장 거리에 있는 팔뚝 정도 굵기의 가느다란 나무다.

진검룡은 아까 저녁에 집에 돌아오다가 용림당 배에서 오 장 거리에 있는 관도의 나뭇가지를 맞혀서 부러뜨렸으므로 삼 장 거리는 충분히 맞힐 수 있다고 자신했다.

그가 나무를 향해 정면으로 서서 자세를 취하는데 민수림 이 덧붙였다.

"중지를 뻗을 때 공력을 사용하세요."

진검룡은 무슨 뜻인지 알아듣지 못했다.

"순정강에 공력을 주입하라는 겁니까?"

"그게 아니에요."

민수림은 차분하게 설명했다.

"순정강은 화살이고 공력은 활이에요."

진검룡은 알 듯 모를 듯 했다. 활은 화살을 발사하는 도구 이고 화살이 날아가서 적을 살상한다.

그러니까 민수림의 말은 순정강을 발사하는 도구로 공력을 사용하라는 뜻이다.

민수림이 설명을 보충했다.

"순정강이 아니라 중지를 뻗을 때 공력을 중지에 주입하라 는 얘기예요."

"아……."

"해보세요."

진검룡은 조금 전에 민수림이 가리킨 나무를 향해 똑바로 서서 가만히 심호흡을 했다.

'중지를 뻗을 때 공력을 주입하라는 거지?'

그는 눈도 깜빡이지 않고 잠시 나무를 쏘아보다가 한순간 왼손 중지를 앞으로 뻗으면서 중지에 삼십오 년 공력을 모두 주입시켰다.

뷰우웃!

"허엇!"

그는 왼손 중지가 통째로 뽑히는 듯한 느낌에 화들짝 놀라서 급히 중지를 거두었다.

그러나 이미 선명한 한 줄기 금빛 광채가 일직선을 그으면서 번갯불처럼 뿜어졌다.

순정강에 공력을 주입하지 않았을 때는 츳… 하는 미약한 음향이었는데 공력을 주입시키니까 뷰우웃! 하며 음향이 훨씬 더 커지고 공기가 가볍게 진탕을 쳤다.

빠직!

설명은 길었지만 그가 순정강을 발출하자마자 표적으로 삼은 나무에 적중하여 쪼개지는 음향이 터졌다.

순정강은 팔뚝 굵기의 나무 가슴 높이에 적중되어 나무를 여지없이 부러뜨렸다.

"야아……."

"이번에는 저 나무를 맞혀보세요. 방법은 똑같아요."

진검룡이 적잖이 감탄하여 부러진 나무를 쳐다보는데 민수림이 그 옆의 다른 나무를 가리켰다.

그런데 이번 나무는 조금 전 나무보다 서너 배 이상 굵었다.

그렇지만 호승심이 부쩍 생긴 진검룡은 물러서거나 못 한다고 빼지 않고 자신 있게 공력을 끌어올렸다.

그때 문득 그는 한 가지 사실을 깨달았다. 예전 십오 년 공력일 때는 끌어올리고 자시고 할 것도 없었는데 지금은 공력을 끌어올리자 불끈거리면서 뜨겁고 묵직한 무엇이 몸을 채우는 것이 느껴졌다.

그것이 바로 십오 년 공력과 삼십오 년 공력의 차이점이라는 사실을 깨달았다.

'할 수 있다……!'

진검룡은 허벅지 굵기의 나무도 부러뜨리겠다는 다부진 생각으로 왼손 중지를 뻗으면서 공력을 주입했다.

부우웃!

또다시 중지가 뽑힐 것 같은 느낌과 함께 중지에서 폭발하듯이 금빛 광채가 뿜어졌다.

빽!

순정강이 허벅지 굵기 나무에 적중되면서 짧고 둔탁한 음향이 터졌으나 부러지진 않았다.

진검룡이 즉시 달려가서 살펴보니까 나무가 부러지지 않은 대신 엄지손톱 크기의 구멍이 뻥 뚫렸다.

그의 얼굴에 감탄이 가득 피어났다.

"와아……! 굉장하군요!"

그러나 민수림은 그와는 달리 전혀 흥분하지 않은 차분한 얼굴로 말했다.

"자신이 지니고 있는 능력의 최대치를 알면 실전에서 순정강의 강도를 조절할 수 있을 거예요."

"그렇겠죠."

"오늘은 양손의 순정강을 상대에 따라서 적절한 위력으로 발출할 수 있는 연습을 해보세요."

"알겠습니다."

자정이 훨씬 넘어서 이른 새벽으로 가고 있는 시각이지만 진검룡이나 민수림은 개의치 않았다.

그때부터 진검룡은 한 시진 동안 양손으로 공력을 주입하여 순정강을 발출하는 연습을 했다.

순정강 발출 연습을 한 시진 동안 하고 나자 공터 주변에는 성한 나무들이 한 그루도 남지 않게 되었다.

오십여 그루의 나무들이 전부 부러졌으며 전체가 곰보처럼 구멍이 숭숭 뚫렸다.

민수림은 동작을 멈추고 약간 숨을 헐떡거리는 진검룡을 보면서 차분하게 물었다.

"순정강을 발출할 때 공력을 주입하니까 뭐가 달라진 것 같은가요?"

"어제보다 훨씬 빠르고 강해졌습니다."

"이유가 뭘까요?"

"공력이 주입됐으니까요."

"정확한 답이 아니에요."

민수림은 말없이 작은 돌 하나를 주워서 전방을 향해 별로 힘들이지 않고 던졌다.

빡!

돌은 오 장쯤 일직선으로 쏘아가서 적중된 아름드리나무를 통째로 부러뜨렸다.

진검룡은 그 광경을 보고 뭔가를 깨닫는 표정을 지었다.

"높은 공력이 주입될수록 순정강이 빠르면서 위력이 강해지는 겁니다!"

"그리고 멀리 쏘아가죠."

"그렇군요."

진검룡은 순정강은 화살이고 공력이 활이라는 사실을 다시 한번 되새겼다.

방금 전에 민수림이 말없이 돌을 던져서 아름드리나무를 부러뜨린 것이 그것을 증명하고 있다. 돌은 순정강이고 그걸 던지는 힘이 공력인 것이다.

"오늘은 그만해요."

진검룡은 민수림이 '오늘은'이라고 한 말에서 뭔가를 깨닫고 급히 물었다.

"다른 것을 가르쳐 주실 겁니까?"

"내일부터 청성파 무공을 전수해 주겠어요."

"지금부터 가르쳐 주십시오. 부탁합니다."

진검룡은 허리를 깊숙이 굽히며 정중히 부탁했다.

"피곤하지 않아요?"

진검룡은 어깨와 가슴을 활짝 폈다.

"하하하! 잠은 매일 자지만 훌륭한 무공은 매일 배울 수 있는 것이 아닙니다!"

민수림은 보일 듯 말 듯 한 미소를 지으며 고개를 끄떡였다.

"좋은 정신상태예요."

"우헤헤! 감사합니다!"

칭찬을 들은 진검룡이 우쭐거리면서 천박하게 웃자 민수림이 따끔하게 일침을 가했다.

"그 정신상태는 일각을 못 가는군요."

진검룡은 머리를 긁적거리며 겸연쩍은 표정을 지었다.

"헤헤헤! 죄송합니다."

민수림은 과거의 기억을 잃었지만 천박함과 아부를 본능적으로 싫어하는 것 같았다.

"그만 가요."

그녀는 빙글 몸을 돌려 집 쪽으로 걸어갔다.

청성파 무공을 눈앞에서 잃게 된 진검룡은 소스라치게 놀라서 급히 그녀의 앞을 막아서며 두 팔을 벌렸다.

"수림, 청성파 무공을 가르쳐 주십시오."

"오늘은 늦었어요."

민수림이 자신을 피해서 계속 걸어가자 마음이 급해진 진검룡이 뒤에서 그녀를 와락 끌어안았다.

"제발 부탁합니다."

"……"

그 자리에 멈춰 선 민수림은 몹시 놀란 표정으로 자신의 몸을 내려다보았다.

뒤에서 끌어안고 있는 진검룡의 커다란 두 손이 그녀의 가슴을 움켜잡고 있는 것이 보였다.

그녀의 목과 이마에 핏대가 불끈 곤두섰다.

"죽고 싶으냐?"

뿌악!

진검룡은 가슴팍이 으스러지는 통증을 느끼면서 허공으로 아스라이 날아가며 구슬픈 비명을 내질렀다.

"으아악!"

닷새 후부터 진검룡은 청성파 무공인 대라벽산(大羅劈散)의 수련을 시작했다.

민수림을 뒤에서 안았다가 그녀의 발길질에 가슴팍을 얻어맞고 날아간 진검룡은 닷새 동안 끙끙 앓으면서 사경을 헤매

다가 겨우 살아났다.

그것도 민수림이 치료를 해주었기에 자리를 털고 일어날 수 있었던 것이다.

어쨌든 진검룡은 민수림을 잘못 건드리면 죽을 수도 있다는 뼈아픈 교훈을 얻었다.

대라벽산은 청성파의 성명절학이었는데 삼백여 년 전에 실전되어 맥이 끊어졌다.

대라벽산은 총 팔초식이며 일, 이초식은 권법이고 삼, 사초식은 비각술(飛脚術), 오, 육초식은 금나수법, 칠, 팔초식은 풍기술(風氣術)이다.

집 근처에는 무공을 연마할 만한 마땅한 장소가 없기 때문에 민수림은 진검룡을 데리고 오 리 거리에 있는 봉황산으로 들어갔다.

민수림은 커다란 바위 꼭대기의 평평한 곳에 가부좌로 앉아서 운공조식을 세 차례 연이어서 했다.

반시진 만에 운공조식을 끝낸 그녀는 긴 한숨을 내쉬고 나서 저만치 숲속의 공터에서 대라벽산을 연마하고 있는 진검룡을 물끄러미 굽어보았다.

민수림이 진검룡에게 무공을 직접 가르친 것은 이번이 처음인데 결과론이지만 그녀는 매우 놀라고 있는 중이다.

진검룡은 놀라운, 아니, 경이로운 기억력을 지니고 있어서 그녀가 한번 설명한 내용은 절대로 잊어버리지 않았다.

대라벽산의 초식구결만이 아니라 민수림이 직접 전개해 보이는 동작까지도 진검룡은 단 한 번만 보고서 그대로 똑같이 따라 했다.

생전 처음 보는 데다 무척이나 세밀하고 까다로운 수백 가지 동작들을 한 번만 보고서 완벽하게 똑같이 따라 할 수는 없는 일이다.

그래서 민수림이 그의 동작에서 조금 틀린 부분을 바로잡아 주면 그 즉시 완벽에 가까운 동작을 해 보였다.

그리고 또 하나는 진검룡의 이해력이 갈수록 빛을 발한다는 사실이다.

처음에 민수림이 그에게 순정강에 대해서 설명하거나 중지에 공력을 주입시키라고 했을 때에는 뭐가 뭔지 잘 모르더니 이후 대라벽산의 초식구결을 설명할 때에는 다른 사람처럼 놀라운 이해력을 보여주었다.

대라벽산 때에는 처음에 하나를 설명하면 하나를 이해하더니 두 번째 초식구결을 설명할 때에는 하나를 설명하면 두 개를 깨우치고, 세 번째 초식구결 때에는 하나를 설명하면 세 개 이상 다섯 개까지 앞질러서 깨우쳐 버리는 탁월한 이해력을 보여주어서 민수림을 놀라게 만들었다.

더구나 대라벽산을 가르친 지 오늘로써 열흘밖에 지나지 않았는데도 불구하고 그는 팔초식 전체를 한 치의 오차도 없이 완벽하게 전개하고 있다.

민수림이 비록 자신이 누군지에 대한 기억을 잃었지만 기본적인 지식은 지니고 있으므로 진검룡이 보여주고 있는 능력이 타의 추종을 불허할 정도의 굉장한 천재성이라는 사실은 잘 알고 있다.

사실 민수림은 하루에 일초식씩 팔 일 만에 대라벽산 팔초식 구결과 해설, 동작에 대한 모든 것들을 진검룡에게 전수해 주었다.

그리고 이틀 동안은 그가 대라벽산을 완벽하게 다듬으면서 자신의 것으로 흡수하도록 했다.

그리고 가장 중요한 일 하나가 있다. 지난 열흘 동안 하루에 한 번씩 진검룡의 공력을 십 년씩 증진시켰으며 순정강 열 개를 더 만들어서 도합 열두 개가 되었다. 그래서 현재 진검룡의 공력은 백삼십오 년이다.

第十七章

고수가 되는 길

운공을 끝낸 민수림은 앉은 채 진검룡이 대라벽산을 전개하는 모습을 한동안 지켜보았다.

그의 대라벽산은 어디 한 군데 손댈 곳이 없을 정도로 완벽해서 민수림을 다시 한번 놀라게 만들었다.

'혹시 순정기가 저 사람의 자질을 극한으로 상승시킨 것은 아닐까?'

그러나 그녀는 곧 고개를 가로저었다.

'그럴 가능성은 희박해. 순정기가 그런 능력까지는 없는 것으로 알고 있어.'

스으……

그녀는 앉은 자세에서 둥실 허공으로 떠올랐다가 진검룡을 향해 하나의 가랑잎처럼 날아갔다.

공력이나 힘을 추호도 들이지 않고 그저 바람에 몸을 맡긴 듯한 유려한 동작이다.

진검룡은 민수림이 자신의 뒤쪽에 기척 없이 내려선 것도 모르고 비지땀을 흘리면서 대라벽산 사초식 비각술을 전개하고 있는 중이다.

투우…….

진검룡은 선 채로 꼿꼿이 떠오르면서 오른발을 슬쩍 구부렸다가 지상에서 반 장쯤 솟구친 곳에서 허공의 한 곳을 향해 번개같이 내뻗었다.

스팡!

오른발이 쏘아나가고 동시에 허공을 때리는 음향이 간명하게 울려 퍼졌다.

그러더니 그의 발등이 허공을 때린 곳에서 일직선으로 삼 장 떨어진 곳의 나뭇가지가 크게 흔들렸다.

우수수…….

방금 그가 대라벽산 사초식 비각술을 전개하면서 오십 년의 공력을 주입했더니 발등에서 일으킨 바람이 삼 장 거리의 나뭇가지를 뒤흔든 것이다.

그는 여전히 허공에 떠 있는 상태에서 오른발을 허공의 여러 곳으로 연달아 뻗으며 짧게 끊어 찼다.

파파파팡!

눈에 보이지는 않지만 그의 오른발이 끊어 찬 허공의 공기를 격탕했다.

진검룡이 대라벽산을 연마하고 있는 그리 넓지 않은 공터의 주변에는 부러진 나무 수십 그루가 여기저기 어지럽게 수북이 흩어져 있다.

그가 대라벽산을 연마하는 과정에 나무들이 주먹과 팔, 발, 다리에 적중되어 부러진 것들이다.

"풍기술을 전개해 보세요."

등 뒤에서 들려온 느닷없는 민수림의 말에 진검룡은 가볍게 놀라는 것 같더니 즉시 대라벽산 칠, 팔초식 풍기술을 전개하기 시작했다.

풍기술은 대라벽산의 총결산이며 백미라고 할 수 있는데 권각술과 금나수법을 전개하면서 공력을 두 손과 두 다리를 통해서 발출하는 기술이다.

풍기술은 칠초식과 팔초식으로 나누어져 있다. 칠초식은 단순하게 공력을 발출하여 바람을 일으키는 것인데 장풍이나 권풍과 같은 원리다.

팔초식은 공력을 좀 더 단단하게 만들어서 정교하게 발출하는 수법인데, 칠초식이 바위 전체를 적중시키는 것이라면 팔초식은 바위의 한 부분을 맞히는 식이다.

진검룡은 풍기술을 전개하면서 한 그루 아름드리나무를 향해 다가갔다가 오른손을 곧게 펴서 칼처럼 만들어 나무를 향해 수평으로 그어갔다.

쉬이잇!

파악!

그의 오른손이 긋는 동작을 취하자 일 장 반 거리의 아름드리나무 가슴 높이가 그대로 잘렸다.

권각술이지만 손을 통해서 공력을 발출하기 때문에 손동작에 따라서 공력이 칼이 되었다가 창이 되기도 하고 때로는 커다란 망치가 되기도 한다.

진검룡은 방향을 바꾸어 왼쪽으로 달려가면서 왼팔을 옆구리에 붙였다가 한 그루 나무를 향해 주먹을 뻗으면서 백삼십오 년 공력을 모조리 뿜어냈다.

휴우웅!

쩌걱!

이번에는 삼 장 거리에 있는 아름드리나무 가슴 높이에 큼직한 구멍이 뻥 뚫리는 것 같더니, 이윽고 그 부위가 부러지면서 나무가 한쪽으로 꺾였다.

우지직!

진검룡은 이에 만족하지 않고 또다시 세 번째 나무로 달려들면서 몸을 띄워, 허공에서 반 바퀴 회전을 하며 오른발 돌려차기를 하면서 전 공력을 발로 뿜어냈다.

위이잉!

콰득!

그가 허공 반 장 높이에서 돌려차기를 전개하자 이 장 거리에 있는 아름드리나무의 지상에서 일 장 반 정도 높은 곳이 여지없이 부러졌다.

쿵!

나무가 꺾어져서 쓰러질 때 묵직하게 두 발로 바닥에 내려선 진검룡이 이번에는 금나수법으로 풍기술을 전개하려고 몸을 움직일 때 민수림이 제지했다.

"그만하세요."

"아닙니다! 조금 더 하고 싶습니다!"

아직도 기운이 펄펄 끓어넘치는 진검룡이 멈추지 않고 한 그루 나무를 향해 달려가며 외치자 민수림은 즉시 몸을 돌려서 그곳을 떠나 버렸다.

자신의 명령에 따르지 않으면 더 이상 무공을 가르치지 않는 것이 그녀의 성격이다.

그런 사실을 모르는 진검룡은 꽤 큰 나무에게 바짝 다가들면서 두 손을 강풍 앞의 바람개비처럼 마구 휘두르며 금나수법에 풍기술을 보태서 전개했다.

파파아앗!

빠가가각! 콰자자작! 우드득! 퍼퍼퍽!

다음 순간 나무에서 갖가지 이상한 음향이 한꺼번에 요란하게 터져 나왔다.

잠시 후에 진검룡이 동작을 뚝 멈추자 나무에서 무수한 나뭇가지와 나무 껍데기, 그리고 나뭇잎들이 우수수 우박처럼 떨어져 내렸다.

조금 전까지만 해도 멀쩡한 나무였지만 지금은 수십 개의 나뭇가지들이 죄다 부러지고 껍질이 온통 벗겨진 흉측한 몰골을 하고 있었다.

대라벽산 금나수법을 풍기술 수법으로 전개한 결과물이다.

금나수법은 낚아채고 훑으며 비틀고 꺾는 등의 수법인데 거기에 풍기술을 보탰으므로 나무에 두 손이 닿지 않고서도 너덜너덜하게 만들어 버린 것이다.

진검룡은 의기양양한 표정을 지으면서 민수림이 있는 곳을 돌아보며 웃었다.

"하하하! 수림, 어떻습니까?"

그러나 민수림의 모습은 어디에도 보이지 않았다.

"어… 디 갔지?"

당황한 진검룡은 여기저기 돌아다니면서 민수림을 불렀지만 끝내 그녀를 찾지 못하고 기운이 빠졌다.

그제야 그는 어떻게 된 일인지 깨달았다. 조금 전에 민수림이 그만하라고 말했는데도 그가 듣지 않고 계속 초식을 전개했기 때문에 그녀가 그냥 떠나 버린 것이다.

사실 이와 비슷한 일이 한두 번이 아니었다. 그런데 조금 전에는 진검룡이 그 사실을 깜빡했다.

지금까지 진검룡이 민수림과 생활하면서 겪으며 알게 된 그녀의 몇 가지 강단 있는 성격 중 하나는 그녀가 절대 두 번 말하지 않는다는 것이다.

"이런 젠장, 수림은 정말 너무하는군."

그러자 진검룡의 귀를 쟁쟁 울리는 목소리가 들렸다.

[검룡, 혼나고 싶은가요?]

'이크!'

진검룡은 자라목을 만들며 찔끔했다. 민수림은 아무리 멀리 있어도 그가 하는 말을 다 들을 수 있다.

말하자면 진검룡이 그녀를 속인다는 것은 애당초 글러먹었다는 뜻이다.

그는 어디에 있는지 모르는 민수림을 향해 연신 굽실거리며 용서를 빌었다.

"잘못했습니다, 수림. 용서하십시오."

그는 세상에서 민수림을 가장 존경하고 또 두려워한다. 그에게 민수림은 사부 같은 존재이지 여자라는 생각은 눈곱만큼도 들지 않았다.

이후 민수림의 목소리는 더 들리지 않았다.

진검룡은 지금까지의 경험으로 미루어 봤을 때 조금 전에 민수림이 그에게 그만하라고 말한 것은 무언가를 가르쳐 주려고 한 것이 분명한 것 같았다.

그런데 그가 신바람이 나서 그녀의 말을 묵살하고 듣지 않았기 때문에 굴러온 복을 차버리는 결과가 된 것이다.

그녀가 무엇을 가르쳐 주려고 했는지 모르지만 대라벽산은 아니다.

그녀 입으로 진검룡이 대라벽산을 다 배웠다고 말했으니까 필경 다른 무공을 가르치려고 했을 터이다.

그렇게 생각하니까 그녀의 명령을 듣지 않은 것이 더더욱 원통하고 억울했다.

"에잇! 바보 같은 놈!"

진검룡은 봉황산에서 오 리 거리인 집까지 잠시도 쉬지 않고 줄곧 달려서 도착했다.

그런데도 먼저 간 민수림을 발견하지 못해서 속상했다. 그녀를 만나서 사정을 하면 새로운 무공을 한 가지 더 가르쳐 줄지도 모르기 때문이다.

그런데 진검룡은 민수림을 만나지 못한 대신에 전혀 뜻하지 않은 사람을 발견하게 되었다.

개방 항주분타의 삼결 제자인 강비가 길 건너 무성한 숲 가장자리 나무 뒤에 숨어서 진검룡의 집을 기웃거리며 살피고 있는 것이다.

강비는 보름쯤 전에 진검룡과 민수림, 독보가 탄 용림당에 느닷없이 들이닥쳐서 설레발을 피우다가 진검룡에게 된통 혼나고는 수하가 된 이후 한 번도 보지 못했었는데 이런 식으로 보게 될 줄은 몰랐다.

강비는 그때 진검룡을 본 것이 처음이자 마지막이었는데 집까지 찾아오다니, 개방은 사람을 찾는 데 귀신이라는데 그 말이 맞는 것 같다.

진검룡은 강비 뒤쪽으로 최대한 기척을 내지 않고 천천히 다가갔다.

사박…….

그렇지만 경공술이나 보법을 배운 적이 없는 진검룡의 발밑에서 풀잎 밟는 소리가 너무 크게 났다.

진검룡이 이 장쯤 다가갔을 때 강비가 재빨리 돌아서면서 움찔 놀라더니 그 즉시 두 팔을 쭉 뻗었다.

슈슉!

순간 그의 양팔 소매 속에서 반짝이는 비수 네 자루가 쏜살같이 튀어나왔다.

그러나 강비는 쏘아가고 있는 네 자루 비수 너머에서 천천히 걸어오고 있는 사람이 진검룡이라는 사실을 깨닫고는 화들짝 놀랐다.

"앗!"

누군가 자신에게 접근하기에 급습을 당하는 것이라고 여겨서 무조건 비수를 날렸는데 상대가 진검룡일 줄은 상상도 하지 못했다.

그렇지만 비수에 줄이 묶여 있는 것이 아니라서 방향을 바꾸거나 거둘 수도 없다.

아니, 그는 이번에 진검룡을 만나면 혼쭐을 내줄 생각이었기 때문에 당황하긴 했지만 한편으로는 어차피 잘된 일이라는 생각도 들었다.

진검룡은 강비의 급습에 찰나지간 당황했으나 즉시 냉정을 되찾았다.

적절한 반격을 하면 충분히 대처할 수 있으며 설혹 반격이 실패하더라도 그에게는 순정기가 있으므로 최악의 상황에는 순정기가 네 자루 비수를 물리칠 것이라고 생각했다.

그래서 그는 피할 생각 같은 것은 아예 하지 않고 오히려 쏘아오는 비수들을 향해 성큼 마주 다가들면서 오른손을 불쑥 내밀었다.

그러더니 그의 오른손이 눈으로 보이지 않을 정도로 빠르게 움직이며 대라벽산의 금나수법을 전개했다.

휘리릿!

다음 순간 그에게 쏘아가고 있던 네 자루 비수가 감쪽같이 사라졌다.

아니, 사라졌는가 싶었는데 어느새 그의 오른손 손가락 사이에 끼워져 있다.

그런데 그게 끝이 아니다. 그는 손목을 안쪽으로 살짝 굽혔다가 뻗으면서 네 자루 비수를 쏘아냈다.

"으앗!"

네 자루 비수가 자신의 얼굴과 상체를 향해 쏘아오자 강비는 죽는다고 비명을 질렀다.

그러나 거리가 너무 가까운 데다 비수들이 빛처럼 빠르게 쏘아오는 터라서 피할 재간이 없다.

타타탁!

다음 순간 네 자루 비수는 그의 머리 위와 양쪽 귀 옆, 그리고 목 옆을 스치면서 나무에 꽂혔다.

"으흐흐……."

강비는 움직이지 못하고 몸을 후드득 떨었다.

진검룡은 강비 세 걸음 앞에 멈추었다.

"무엇 때문에 우리 집을 훔쳐보고 있느냐?"

"으으… 주… 주군……."

"뭐시라?"

진검룡은 미간을 좁혔다.

"어째서 나를 그렇게 부르는 것이냐?"

강비는 곧 주저앉을 것 같은 표정을 지으며 대답했다.

"제가 수하잖습니까?"

"그래서?"

"그러니까 수하인 제가 당신을 주군이라고 부르는 것이 당연하잖습니까?"

사실 진검룡은 수하가 윗사람을 주군이라고 부른다는 사

실을 모르고 있었다. 그런 것은 들어본 적도 없다.

"음, 알았다."

새로운 사실을 알게 되어 졸지에 주군이 된 진검룡은 주군으로서의 위엄을 보이려고 짐짓 근엄한 표정을 지어 보였다.

"여긴 왜 왔느냐?"

*   *   *

강비는 나무에 등과 뒤통수를 붙이고 선 채 뻣뻣하게 굳은 몸으로 어눌하게 물었다.

"저 다쳤습니까……?"

그는 네 자루 비수 중에 최소한 한두 자루가 자신의 몸 어딘가에 꽂혔을지도 모른다고 생각했다. 경황 중이라서 어디가 아픈지 감각이 전혀 없는 것 같았다.

진검룡은 조용히 말했다.

"멀쩡하니까 움직여도 된다."

그는 그렇게 말해놓고서 방금 말한 목소리의 음정이 매우 마음에 들어 기뻤다. 그래서 다음부터는 그런 식으로 말해야겠다고 마음먹었다.

그는 더 이상 예전의 용정서가의 별 볼 일 없는 호리가 아니고 실력과 신분이 상승하고 있는 중이기에 거기에 걸맞은 언행을 해야겠다고 다짐한 바가 있었다.

강비는 조심스럽게 천천히 나무에서 등을 떼어내고는 뒤돌아보았다.

그러고는 네 자루 비수가 모두 나무에 꽂혀 있는 것을 눈으로 보고, 또 두 손으로 자신의 얼굴과 목을 만져보고서 다치지 않았다는 사실을 확인하고서야 안도의 한숨을 내쉬었다.

"아아… 조금 전에 속하가 던진 비수들을 도대체 무슨 수법으로 받아내신 겁니까?"

강비는 그런 굉장한 수법이 세상에 존재한다는 사실조차 모르고 있었으며 그것을 자신의 눈으로 직접 보게 될 줄은 더더욱 몰랐었다.

그가 비록 개방 제자라고 해도 자신의 실력이 이류에 불과한 데다 노는 물이 아래쪽이라서 지금껏 수준 높은 수법을 본 적이 한 번도 없었다.

진검룡은 길 쪽으로 걸어가면서 태연하게 설명했다.

"금나수법이다."

"아… 금나수법……."

일류고수 중에서도 특급만이 전개할 수 있다는 금나수법이라는 수법을 강비는 언젠가 들은 기억이 있다.

그런 금나수법을 진검룡이 아무렇지도 않게 전개했으며 실제로 네 자루 비수를 귀신처럼 낚아채는 광경을 두 눈으로 똑똑히 목격했으므로 강비의 놀라움과 감탄은 굉장한 것이다.

강비는 지난번에 이어서 오늘도 진검룡의 실력을 직접 목격했기 때문에 그가 최소한 일류고수 이상의 수준이라고 확신하게 되었다.

강비는 그를 바짝 뒤쫓으면서 조심스럽게 물었다.

"혹시 청성파 절학입니까?"

아부를 하려는 생각에 '절학'이라고 추켜세운 것도 없지 않지만 강비가 보기에 진검룡의 금나수법은 절학이라고 불러도 손색이 없는 것 같았다.

"어찌 알았느냐?"

"지난번에 두 분께서 청성파 출신이시라고……."

"아, 그랬나?"

"그러셨습니다."

"기억력이 좋구나."

진검룡은 강비가 무슨 말을 하는지 다 알고 있지만 짐짓 모른 체하면서 너스레를 떨었다.

그렇게 해야지만 자신의 가치가 조금이라도 상승한다는 사실을 잘 알고 있기 때문이다.

그는 집으로 걸어가면서 예의 자신이 마음에 들어 하는 음정의 목소리로 조용히 말했다.

"너는 내 물음에 언제 대답할 테냐?"

"아… 죄송합니다."

강비는 뒤를 졸졸 따라오면서 말했다.

"연검문과 십엽루, 비응보, 오룡방에서 각각 주군을 찾아내거나 주군이 누군지 신분을 알아내라면서 개방 항주분타에 부탁을 했습니다."

진검룡은 걸음을 멈추고 뒤돌아보며 슬쩍 인상을 썼다.

"그들이 무엇 때문에 나를 찾는 것이냐?"

강비는 진검룡의 눈치를 살피면서도 하고 싶은 말을 망설이지 않는 객기를 부렸다.

"모르셔서 하문하시는 겁니까?"

진검룡은 강비의 당돌함에 '요놈 봐라?' 하는 표정을 지었다가 곧 고개를 끄떡였다.

"안다."

쓸데없는 일로 머리싸움 하기는 싫으니까 인정할 것은 인정하는 것이 좋다.

연검문과 십엽루가 진검룡을 찾는 이유는 진검룡이 태도현과 소효령을 구해주었기 때문일 테고, 비응보와 오룡방 역시 같은 이유겠지만 목적은 다를 것이다.

연검문과 십엽루는 은혜를 갚으려는 것이고 비응보와 오룡방은 복수, 혹은 응징을 하려는 것일 게다.

항주제일방파인 오룡방까지 나선 것을 보면 비응보 배후에 오룡방이 버티고 있다는 소문이 맞는 것 같다.

일이 점점 커지고 있는 모양이다. 하긴 십엽루와 연검문이 비웅보에 찾아가서 자식을 납치한 것에 대해서 단단히 따지고 있을 테니까 똥줄이 타긴 탈 것이다.

진검룡은 연검문 승무단 연린조 조장 화룡에게 사흘 후에 연검문에 찾아가겠다고 열흘 전에 약속했었는데 그 약속을 지키지 못했다.

약속을 잊은 게 아니다. 그 당시에는 봉황산에서 민수림에게 대라벽산을 전수받은 지 이틀째라서, 막 시작하고 있는데 연검문에 가겠다고 나설 수가 없었다.

그랬었다면 민수림은 대라벽산을 전수하지 않았을지도 모르고 전수한다고 해도 큰 차질을 빚었을 것이다.

연검문에 찾아가겠다고 화룡과 약속을 한 것이 중요하지만 대라벽산을 배우고 연마하는 것보다는 중요하지 않다는 것이 진검룡의 생각이다.

"주군께서 연검문에 찾아가기로 약속하셨다면서요?"

강비는 모르는 게 없는 것 같다. 또한 진검룡이 보기에 강비는 진심으로 완벽하게 승복하여 진검룡의 수하가 된 것이 아닌 듯했다. 일단 고개를 숙이고 들어와서 이것저것 떠보며 이른바 간을 보고 있는 게 분명하다.

그래도 상관없다. 진검룡으로서도 강비를 굳이 진심으로 승복시키고 싶은 마음은 없다.

지금까지 봐온 바에 의하면 그 정도로 쓸모가 있을 것 같지 않기 때문이다.

앞으로 두고 봐서 쓸모 있는 놈이면 그것은 그때 가서 어떻게 할 것인지 생각하면 된다.

진검룡은 고개를 끄떡였다.

"그랬었는데 중요한 일이 생겨서 가지 못했다."

연검문에 찾아가는 것은 중요하지 않으므로 아무 때나 찾아가면 될 것이다.

"그것도 그렇지만 혈옥엽(血玉葉)께서 주군을 만나기를 원하십니다."

"그게 누구냐?"

강비의 말에 진검룡은 무뚝뚝하게 물었다.

어쩌면 인상을 썼는지도 모르지만 그런 것은 개의치 않았다.

그는 항주나 무림에 대해서 빠삭한 편은 아니지만 웬만큼은 알고 있다. 하지만 개방 제자인 강비만큼은 아니라서 '혈옥엽'이라는 호칭을 처음 들었다.

강비는 의아한 표정을 지었다.

"설마 십엽루주이신 혈옥엽을 모르신다는 말입니까?"

진검룡은 십엽루주 현수란이 혈옥엽이라는 사실을 모르고 있었지만 강비의 말투가 못마땅했다.

"내가 그걸 알아야 하는 거냐?"

그가 세게 나가자 강비가 얼른 저자세를 취했다.

"아닙니다. 모르셔도 됩니다."

"현수란이 어째서 날 찾는 것이냐?"

진검룡은 십엽루주 혈옥엽의 이름을 거침없이 불렀다.

요즘 그는 자신이 일류고수 수준이 되고 있는 중이라고 생각하고 있으므로 눈에 보이는 것이 없다.

이번에는 강비가 혈옥엽의 이름이 현수란이라는 사실을 처음 알게 되어 조금 놀라는 표정을 지었다.

만약 항주를 비롯한 무림에서 혈옥엽이라는 별호가 지니고 있는 진정한 명성에 대해 진검룡이 알게 된다면 그녀를 가볍게 여기는 행동 같은 것은 하지 않았을 것이다.

강비는 진검룡을 그냥 쳐다보면서 복잡한 표정을 지었다.

사실 강비는 진검룡이 어떤 사람인지 알아내기 위해서 그동안 항주 일대를 구석구석 발품을 팔아서 돌아다니며 낱낱이 조사를 했다.

그래서 진검룡이 항주 용정서가에서 호리라는 별명을 갖고 있으며 어떤 일을 했었고 또 어떤 평판을 지녔는지에 대해서 구체적으로 잘 알게 되었다.

그런 것 때문에 강비는 진검룡을 아주 하찮은 존재로 여기게 되었다. 그때 자신이 덤볐다가 낭패를 당한 것은 진검룡 옆에 있는 신비한 여자 때문일 것이라고 굳게 믿었다.

그러니까 그 여자만 없으면 호리 진검룡은 아무것도 아닌 존재이기에 자신이 직접 진검룡을 혼자 만나서 혼찌검을 내줘야겠다고 마음먹었다.

하지만 아까 강비가 놀라서 발출한 네 자루 비수를 진검룡이 금나수법이라는 절정의 수법으로 아주 간단하게 처리하는 것을 두 눈으로 직접 보고는 자신이 잘못 생각했다는 사실을 깨달았다. 하마터면 잘못 덤벼들었다가 경을 칠 뻔했다.

강비는 자신이 진검룡에 대해서 알아낸 사실이 잘못된 것이거나 아니면 그가 무슨 사연이 있어서 신분을 감추고 호리라는 별명으로 행동을 했을 것이라고 생각하게 되었다.

강비는 두 손을 앞에 모으고 공손히 말했다.

"주군께서 지난번에 혈옥엽을 만났을 때 개파를 한다고 말씀하시지 않았습니까?"

자신들이 청성파 출신이며 항주에 문파를 개파하려 한다는 말은 민수림이 했고, 그녀에게 왜 그렇게 말했는지 이유를 들었기 때문에 진검룡이 말한 것이나 다름이 없다.

"그랬었지."

"혈옥엽께서 주군을 만나려는 이유는 그 일에 도움을 주시려는 것이 아닐까요?"

"그런가?"

진검룡과 민수림에게 개파를 한다는 구체적인 계획 같은 것은 아직 수립되지도 않았는데 현수란이 무엇을 도와줄 수 있다는 말인가.

하지만 그런 것을 곧이곧대로 강비에게 말할 수는 없다. 그일은 민수림과 의논을 한 후에 향방을 결정하는 것이 좋을 터이다.

그때 민수림의 전음이 전해졌다.

[검룡, 강비라는 자가 미행을 달고 왔어요.]

진검룡은 자신도 모르게 움찔했다.

그의 표정을 살피던 강비가 조심스럽게 물었다.

"주군, 왜 그러십니까?"

"너……."

진검룡은 강비를 보면서 와락 인상을 썼지만 뭐라고 말해야 할지 할 말을 찾지 못했다.

칠칠치 못하게 미행을 달고 왔다고 나무라면 어디선가 지켜보고 있는 미행자가 들을 테니까 말이다.

바로 이럴 때 민수림이 사용하는 전음이라는 것을 할 줄 알면 오죽 좋겠는가.

그리고 보니까 진검룡은 무림고수로서 제대로 활약을 하려면 앞으로 배워야 할 것이 한두 가지가 아니다.

지금은 고수가 됐다고 으스대고 뻐길 때가 아니다. 전음도 못 하는 주제에 뭘 으스댄다는 말인가.

그때 민수림의 전음이 다시 들렸다.

[북서쪽으로 이십오 장쯤에 미행자가 있어요.]

"……."

그 말을 듣는 순간 진검룡은 심장이 마구 두근거릴 정도로 긴장했다.

그는 부지중 북서쪽을 쳐다보면서 황당하다는 표정을 지으며 내심 중얼거렸다.

'그, 그래서 뭘 어떻게 하라는 거야? 설마 나더러 미행자를 처리하라는 말이야?'

그의 표정이 변하고 몸을 가볍게 움찔거리니까 눈치 빠른 강비는 무슨 일이 있다는 사실을 본능적으로 감지하고 호흡을 멈추고 그를 뚫어지게 주시했다.

진검룡은 민수림의 전음이 더 이상 이어지지 않는 것을 자신더러 미행자를 처리하라는 뜻으로 받아들였다.

'아… 정말 수림은 나더러 어떻게 하라고… 미치겠네……!'

그가 짜증스러운 표정을 지었지만 강비는 그가 갑자기 살기를 뿜어내는 것이라고 착각했다.

'어째서 갑자기……'

진검룡은 어떻게 하겠다는 계획도 없이 일단 민수림이 말한 북서쪽으로 걸어가기 시작했다.

[주군!]

강비가 그를 뒤따르면서 급히 전음을 했다. 그의 표정을 보고는 심상치 않음을 느끼고 본능적으로 전음을 한 것이다.

진검룡은 뚝 멈추고 강비를 쏘아보았다. 그도 하는 전음을 자신만 하지 못한다는 사실 때문에 기분이 씁쓸해진 표정이 얼굴에 그대로 드러났다.

그렇지만 강비는 자신이 무엇을 잘못했기 때문에 진검룡이 인상을 쓰는 것이라고 오해했다.

진검룡 같은 고수가 설마 전음을 할 줄 모를 것이라는 생각은 손톱만큼도 하지 않았다.

진검룡은 손을 들어 그 자리에서 기다리라는 손짓을 해 보이고는 다시 가던 길을 걸어갔다.

이런 식으로 천천히 다가가면 미행자가 도망치겠지만 경공술을 전개할 줄 모르는 진검룡으로서는 걸어가는 것 말고는 달리 방법이 없다.

그는 하늘을 한 번 보고 해의 위치를 확인하고는 다시 방향을 북서쪽으로 제대로 잡아 똑바로 걸어갔다.

그는 미행자가 이미 도망쳤을 것이라고 생각하지만 그래도 습격을 당할 것에 대비하여 백삼십오 년 공력을 모두 끌어올려서 만반의 준비를 갖추었다.

전 공력을 팽팽하게 끌어올려서 걸어가니까 이제부터는 어떤 상황이 닥치더라도 모두 감당할 수 있을 것 같은 자신감이 무럭무럭 솟구쳤다.

주먹을 뻗으면 나무든 바위든 모조리 박살 낼 것만 같았다.

그러다가 그는 문득 어떤 생각에 착안했다.

'혹시 공력을 다리로 보내서 달린다면 빨라지지 않을까?'

공력이라는 것을 두 주먹에 실어서 뻗으면 아름드리나무를 부러뜨리고 마음만 먹으면 대라벽산의 풍기술을 전개하여 공력을 뿜어낼 수도 있으니, 공력을 두 다리에 모아서 달리면 속도가 더 빨라질 것 같았다. 그야말로 단순한 생각이다.

第十八章

전광신수(電光神手)와 북두신검(北斗神劍)

그는 걸어가면서 시험해 볼 요량으로 두 다리에 일단 오십 년의 공력을 주입시켜 보았다.

탓!

그 순간 왼발이 땅을 딛자마자 그가 둥실 허공으로 떠오르면서 몸이 뒤쪽으로 기울었다.

공력을 발에 주입하니까 당연한 결과다.

'어엇?'

그는 하마터면 비명을 지를 뻔할 것을 간신히 참으며 급히 상체에 공력을 주입하고 앞으로 숙였다.

지금 상황에 무슨 뾰족한 대책이 있어서가 아니라 뒤로 자빠질 것 같으니까 반사적으로 그렇게 한 것이다.

그런데 이번에는 상체에 공력을 갑자기 많이 주입한 탓에 앞으로 고꾸라질 것처럼 후다닥! 튀어 나갔다.

'어… 어… 엇?'

그래서 그는 앞으로 엎어지지 않으려고 두 팔을 미친 듯이 허우적거리면서 두 다리를 재빠르게 교차시켰다.

타타다다다!

그러자 그의 두 발바닥이 땅을 딛기도 하고 허공을 밟기도 하면서 화살처럼 튀어 나갔다.

강비는 멀리서 그 광경을 보면서 감탄했다.

'오옷! 괴… 굉장한 경공술이다……!'

그러나 숲으로 쏘아 들어간 진검룡은 어떻게 멈춰야 하는지 몰라서 적잖이 당황했다.

'으어어! 어… 어떻게 하지?'

공력을 거두기만 하면 자연스럽게 멈출 텐데 당황해서 그걸 생각 못 한 그는 다급하게 손을 뻗어 아무거나 손에 닿는 대로 결사적으로 붙잡았다.

우지직! 뚜둑! 빡!

붙잡은 나무가 하필 팔뚝 굵기라서 여지없이 부러졌고 그의 몸이 정면의 나무와 충돌하여 나무를 박살 내는 등 아수라장으로 만들었다.

쿠다닥!

"윽……."

그리고 최종적으로 그는 바닥에 볼썽사납게 패대기쳐졌다.

순간 제일 먼저 그의 머리에 떠오르는 것이 강비가 이 광경을 봤을지도 모른다는 염려.

땅바닥에 쓰러진 채 급히 강비가 있는 쪽을 쳐다보니까 울창한 숲에 가려서 그의 모습이 보이지 않았다.

그렇다면 강비가 방금 전의 그 볼썽사나운 광경을 보지 못했을 것이니 천만다행한 일이다.

"휴우……."

그는 안도의 한숨을 내쉬다가 급히 손으로 입을 막았다. 강비가 한숨 소리를 들을지도 모르기 때문이다.

그는 흙먼지와 풀을 뒤집어쓴 채 땅바닥에 길게 누워서 쓴웃음을 머금었다.

'고수 노릇 하기가 쉽지 않구나…….'

진검룡은 일어나려고 두 손으로 땅을 짚고 상체를 일으키려다가 움찔 놀랐다.

그의 얼굴 바로 옆 한 뼘도 안 되는 거리에서 생면부지의 한 사내가 눈을 한껏 부릅뜬 채 그를 무섭게 노려보고 있는 것이 아닌가.

'흐악!'

소스라치게 놀란 그는 다짜고짜 공력을 주입한 대라벽산의 수법으로 사내를 향해 주먹을 뻗었다.

콰작!

"……."

다음 순간 진검룡은 멍한 표정을 지었다. 그의 주먹이 사내의 얼굴을 박살 냈기 때문이다.

아니, 정확하게 설명하자면 그의 주먹에서 발출한 풍기술의 단단한 공력 즉, 권풍이 사내의 머리통을 잘 익은 수박처럼 부숴 버린 것이다.

후다닥!

'뭐… 뭐야, 이놈?'

그는 소스라치게 놀라서 후다닥 일어섰다.

서 있는 그의 발아래에는 남색 경장 차림의 머리 없는 사내가 똑바로 누워 있다.

박살 난 머리에서 흘러나온 피와 뇌수가 주위를 검붉게 적시면서 역한 냄새가 풍겼다.

얼굴을 포함한 머리 전체가 박살 났기 때문에 사내가 누군지는 알아볼 수가 없다.

하지만 사내는 어깨에 한 자루 도를 메고 있으며 복장으로 미루어 무림인이 분명했다.

[그자가 강비를 미행한 자예요. 내가 혈도를 제압해 두었는데 당신이 죽였군요.]

그때 민수림의 전음이 들려왔다.

'이자가?'

민수림은 강비를 미행한 자가 있다는 사실을 감지하고는 그자를 제압해 놓고 진검룡에게 알려주었는데, 그는 무턱대고 달려왔다가 제압되어 쓰러져 있는 미행자의 머리통을 박살 내서 죽여 버린 것이다.

진검룡은 큰 충격을 받고 멍한 얼굴로 그 자리에 서서 시체를 굽어보고만 있었다.

민수림의 전음은 이어지지 않았다. 그렇다는 것은 이 일을 진검룡이 해결하라는 뜻인데 그는 그것을 꽤 오랜 시간이 지나서야 깨달았다.

'그렇다. 이걸 처리해야지……'

그는 주위를 두리번거리다가 강비를 불렀다.

"강비야! 이리 와라!"

잔뜩 이쪽을 경계하고 있던 강비는 그가 부르자마자 즉시 달려왔다가 바닥에 쓰러져 있는 머리가 없는 끔찍한 시체를 보고 크게 놀랐다.

"으왓! 이게 뭡니까?"

진검룡은 조금 전의 사건 때문에 누구보다 놀랐지만 수하 앞에서는 태연하려고 애쓰며 가볍게 눈살을 찌푸렸다.

"널 미행한 자다."

"저… 저를 말입니까?"

강비는 여기까지 오면서 미행이 있는지 그다지 신경을 쓰지는 않았으나 자신을 미행한 자가 있다는 사실에 적잖이 놀란 표정을 지었다.

"그렇다. 누군지 알겠느냐?"

강비는 그 즉시 한쪽 무릎을 꿇고 앉아서 시체의 몸 전체를 세밀하게 살피고 나서 품속을 뒤지기 시작했다.

잠시 후에 그는 몇 가지 물건들을 늘어놓고는 놀란 얼굴로 중얼거렸다.

"이자는 오룡방 사람입니다."

"오룡방?"

진검룡은 강비의 말을 믿었다. 그가 속일 이유가 없다고 생각했기 때문이다.

"오룡방 비룡당(飛龍堂) 수하입니다."

"비룡당 수하?"

항주제일방파인 오룡방에는 다섯 개의 당이 있으며 천룡당(天龍堂), 창룡당(蒼龍堂), 맹룡당(猛龍堂), 비룡당, 청룡당(靑龍堂)이 그것이다. 오룡방을 이끌고 있는 다섯 명이 각 당의 당주들이며 천룡당주가 오룡방주를 겸하고 있는데 그것은 진검룡도 잘 알고 있는 사실이다.

"비룡당에는 네 개 향이 있는데 이자는 제사향인 암찰향(暗察香) 소속입니다."

진검룡은 아무리 살펴봐도 미행자가 지니고 있는 물건들만으로는 그의 신분을 알아낼 수가 없었다.

그가 지닌 물건들은 하나같이 평범하고 흔한 것들이라서 신분하고는 거리가 멀었다.

"너는 이자의 신분을 어떻게 알았느냐?"

그러나 강비는 자랑할 것이 생겼다는 듯 빙그레 웃으며 어깨를 으쓱해 보였다.

"이자의 물건들로는 절대 신분을 알아낼 수가 없습니다."

"그래서?"

"그렇지만 저는 이자가 누군지 압니다. 평소에 잘 알고 있는 자입니다."

진검룡은 눈살을 찌푸렸다.

"이자의 머리가 없는데도 알아볼 수 있다는 것이냐?"

강비는 자신만만한 표정을 지었다.

"이자의 체격이나 복장, 특히 신고 있는 약간 특이한 신발, 그리고 결정적으로 왼손 무명지가 없다는 것이 이자가 누구라는 것을 말해주고 있습니다."

특이한 신발이라고 하지만 진검룡이 보기에는 전혀 특이하지 않은 신발이다.

그러나 왼손 무명지가 중간 마디에서 잘린 것은 분명하다.

그의 손은 구부러져 있는데 그것까지 발견하다니 강비의 눈썰미는 대단하다.

"이자는 오룡방 비룡당 휘하 암찰향 소속의 반산(潘汕)이라는 자입니다."

진검룡이 아무런 반응이 없자 강비는 그가 자신의 말을 믿지 못하기 때문이라고 생각하여 볼멘 표정을 지었다.

"저는 이자와 몇 번 술을 마시기도 했었는데 알아보지 못하겠습니까?"

진검룡은 강비의 말을 믿지만 개방 제자인 그가 오룡방 수하와 무엇 때문에 술을 마셨는지 궁금했다.

"어째서 이자와 술을 마셨느냐?"

강비는 뻐기듯이 설명했다.

"오룡방에서 비룡당은 정보 수집과 조사 같은 것을 담당하는데 암찰향은 미행과 잠입이 주된 임무입니다."

진검룡은 가볍게 고개를 끄떡여서 계속 설명하라는 시늉을 해 보였다.

"개방은 천하에서 정보에 대해서 가장 많이, 그리고 빠르게 알아내는 방파입니다. 그렇기 때문에 정보를 담당하는 오룡방 비룡당 수하들이 개방 항주분타하고 가깝게 지내는 것이 이상한 일은 아니지요."

"그들이 너희에게 무언가 알아내려고 술을 사거나 돈을 주는 것이냐?"

"그렇습니다."

강비는 머리 없는 시체 반산을 내려다보면서 잔뜩 눈살을 찌푸렸다.

"이자가 저를 미행했다면 멀지 않은 곳에 동료가 한 명 더 있을 겁니다."

"이인일조라는 말이냐?"

"그렇습니다."

그렇지만 진검룡은 이자의 동료라는 자를 민수림이 처리할 것이라고 믿기에 그다지 걱정하지 않았다.

강비는 주위를 둘러보았다.

"이자가 돌아가지 않으면 오룡방에서는 제가 이자를 죽였을 것이라고 짐작할 겁니다."

"네가 이자보다 고강하냐?"

"제가 한 수 위일 겁니다."

진검룡은 잠시 생각하다가 고개를 가로저었다.

"그래도 오룡방에서는 그렇게 생각하지 않을 것이다."

"왜 그렇습니까?"

"네가 미행당하는 것을 알았다고 해도 이자를 죽일 이유가 없잖느냐?"

"아!"

"더구나 이자가 죽으면 십중팔구 네가 의심을 받을 텐데 죽이겠느냐?"

강비는 크게 고개를 끄떡였다.

"그렇군요. 하지만 이자의 동료가 근처에 있었다면 주군께서 이자를 죽이는 광경을 봤을 겁니다."

"그런 걱정은 할 필요 없다."

영리한 강비는 이 순간 민수림을 떠올렸다.

"아… 그 여협께서 처리하셨군요?"

그는 처음 진검룡을 대면할 때 봤던 천하절색 여자의 신분이 궁금해졌다.

"주군, 그 여협은 누구십니까?"

"알 것 없다."

강비는 슬쩍 떠보았다.

"혹시 주군의 정인(情人)이십니까?"

진검룡은 그런 생각은 한 번도 해본 적이 없지만 민수림이 정인이냐는 말에 기분이 흐뭇해졌다.

"아니다."

그래서 엷은 미소를 지으며 고개를 저었다.

미소는 긍정을 뜻하고 고개를 젓는 행동은 부정을 뜻하지만 강비는 그 뜻을 충분히 알아들었다.

강비는 진검룡을 물고 늘어졌다.

"제 짐작이 맞죠? 주군의 정인이 틀림없죠?"

이러는 것은 그의 특기다.

"허어… 아니라니까."

"에이… 제가 딱 보니까 두 분이 연인 사이던데요, 뭘……."

"이놈아, 너 그러다가 그녀에게……."

딱!

"와악!"

진검룡의 말이 끝나기도 전에 갑자기 강비가 불에 덴 듯이 펄쩍 뛰어오르면서 날카로운 비명을 터뜨렸다.

허공으로 반 장쯤 떠오른 그는 풀밭에 패대기쳐지며 데구루루 굴렀다.

쿠다닥!

"크으윽……."

바닥에서 몸을 비틀며 고통스러워하던 그는 잠시가 지나서야 잔뜩 겁먹은 얼굴로 비칠비칠 일어섰다.

"으으… 대체 무슨 일입니까?"

그의 이마에 손톱 크기의 붉은 혹이 생겼으며 그것 때문에 머리가 지끈지끈 아팠다.

진검룡은 엷은 미소를 지었다.

"네가 쓸데없는 소리를 하니까 그녀가 벌을 내린 것이다."

"아……."

강비는 급히 주위를 두리번거리다가 안색이 해쓱해져서 작은 목소리로 중얼거렸다.

"서… 설마 여협께서 지풍을 전개하신 겁니까?"

무림에 널리 알려진 상식으로는 공력이 이 갑자 이상인 동시에 탁월한 수준의 지공술(指功術)을 터득해야지만 지풍을 전개할 수가 있다.

진검룡은 대수롭지 않다는 듯 고개를 끄떡였다.

"지풍을 전개하지 않았다면 설마 그녀가 네놈에게 돌을 던졌겠느냐?"

강비는 옆머리에 난 혹을 쓰다듬다가 문득 생각나는 것이 있어서 진검룡에게 물었다.

"혹시 주군께서도 지풍을 하실 줄 아십니까?"

*　　　　*　　　　*

진검룡은 태연히 고개를 끄떡였다.

"당연하지."

강비는 깜짝 놀라면서도 호기심 가득한 표정을 지었다가 허리를 깊이 숙이며 부탁했다.

"저는 한 번도 지풍을 본 적이 없습니다, 주군. 부디 보여주시면 안 되겠습니까?"

진검룡은 강비 이마의 혹을 가리켰다.

"방금 보지 않았느냐?"

강비는 무심코 혹을 만지다가 아픈지 움찔하고 나서 우는 얼굴로 말했다.

"지풍에 당하기는 했지만 보지는 못했습니다."

진검룡은 이 기회에 강비에게 조금 으스대고 싶은 생각도 있고 그의 코를 납작하게 만들어주고 싶은 마음도 있어서 못이기는 체 수락을 했다.

"알았다. 잘 봐라."

"감사합니다!"

강비는 극도로 긴장하고 흥분해서 두 손을 마주 잡고 눈도 깜빡이지 않은 채 진검룡을 주시했다.

진검룡은 잠시 주위를 둘러보다가 이 장쯤 거리에 적당한 표적을 발견하고 그 방향으로 몸을 돌려 우뚝 섰다.

표적은 어른 두 팔로 세 아름쯤 되는 거목이며 지상에서 십오 장 정도로 하늘을 찌를 듯이 높았다.

강비는 진검룡이 쳐다보기만 해도 압도당해 버릴 것 같은 무지하게 큰 거목을 표적으로 정한 것을 짐작하고는 마른침을 꿀꺽 삼켰다.

진검룡이 세 아름드리 거목을 표적으로 삼은 이유는 나무가 굵기 때문에 거기에 권풍으로 선명한 자국을 새길 수 있을 것 같았고, 그리되면 다른 나무들보다 눈에 확연하게 잘 띌 것 같아서다.

대라벽산을 민수림이 아닌 타인에게 첫선을 보이는 것이라서 진검룡은 조금 긴장했다.

그는 두 발을 어깨너비로 벌리고 오른팔을 옆구리에 붙였다가 대라벽산 이초식 숭양권(崇陽拳)의 구결을 외우면서 대라벽산의 최고절기인 팔초식 풍기술 청영신기(淸靈神氣)를 일으켜서 오른팔에 주입했다.

공력을 특수한 구결을 통해서 정제하면 청영신기가 되고, 그렇게 해서 대라벽산의 칠초식과 팔초식을 전개한다.

순간 그는 오른손 주먹을 힘껏 뻗으며 백삼십오 년의 청영신기를 발출했다.

휴우웅!

그러자 대라벽산 권풍이 묵직한 파공음을 내면서 뿜어졌다.

강비는 허공을 울리는 파공음을 듣는 순간 이미 심상치 않음을 감지하고 더욱 눈을 부릅떴다.

쩌걱!

직후 기이한 음향이 고막을 울렸다.

거목을 보는 순간 강비는 자신의 눈을 의심했다.

거목 가슴 높이에 주먹보다 조금 큰 크기의 구멍이 뻥 뚫린 것이다.

거목에 주먹 자국만 새기려던 진검룡이 놀랐지만 강비는 그보다 열 배는 더 놀랐다.

아니, 경악했다. 그는 진검룡이 이 정도의 절정고수일 것이라고는 생각하지 않았었다.

사실 방금 진검룡이 보여준 권풍을 전개하려면 삼 갑자 백팔십 년 공력이 있어야만 가능하다.

이 갑자 백이십 년 공력이면 거목에 한두 치 정도의 주먹 자국을 새기는 것이 고작이다.

그런데 진검룡이 백삼십오 년 공력으로도 거목에 구멍을 뚫을 수 있었던 것은 대라벽산의 우월함에 있다.

대라벽산은 여타 권풍 수법하고는 격이 전혀 다른 것이다.

진검룡은 강비가 지풍을 보여달라고 했으므로 이번에는 순정강을 발출했다.

자랑질을 끝내고 본론으로 들어간 것이다.

현재 진검룡에겐 열두 개의 순정강이 있으며 민수림이 그의 열 손가락에 열 개, 단전에 두 개를 몰아주었다.

츠읏… 츠츳!

그가 전면을 향해서 두 손을 뻗자 양손 검지와 중지에서 도합 네 개의 순정강이 흐릿한 번갯불처럼 뿜어졌다.

강비는 한쪽 방향으로 뿜어지는 네 줄기 흐릿한 빛살을 보고 경악했다.

"아……."

따닥! 딱!

다음 순간 거목의 나뭇가지 네 개가 부러져서 땅으로 떨어지며 허공에 나뭇잎들이 우수수 흩날렸다.

진검룡이 동작을 멈추었지만 경악에 경악을 더하고 있는 강비는 눈을 찢어질 듯이 부릅뜨고 입을 크게 벌린 채 아무 말도 하지 못했다.

진검룡은 강비의 그런 모습을 보고는 득의한 미소를 지으며 어깨를 으쓱했다.

'자식, 오금이 저릴 것이다.'

진검룡이 태연하게 집 쪽으로 걸어가는데 강비가 갑자기 낮게 외쳤다.

"주군!"

진검룡이 멈춰서 돌아보자 강비가 그를 향해 무릎을 꿇고 이마를 땅에 대며 열뜬 목소리로 외쳤다.

"정말 존경합니다! 주군!"

진검룡은 벙긋 미소 지었다. 그는 강비가 이제야 진심으로 굴복했다는 사실을 깨달았다.

진검룡은 십엽루에 먼저 들르기로 했다.

다른 뜻이 있어서가 아니라 집에서 출발하여 항주 성내로 가는 길에 십엽루가 있기 때문이다.

우선 십엽루에 들르고 그다음에 연검문에 들러서 열흘 전에 화룡과 한 약속을 지킬 것이다.

진검룡과 민수림은 용림당 선실 이 층 앞쪽의 긴 나무 의자에 나란히 앉아 있으며 앞쪽에 강비가 서서 두 손을 앞에 모으고 공손히 말했다.

"주군, 혹시 근래에 전광신수(電光神手)라는 별호를 들어보셨습니까?"

진검룡은 고개를 가로저었다.

"처음 들어본다."

"주군께서 혹시 십여 일 전에 정심천에서 통행료를 받고 있던 비응보 수하 몇 명을 죽이셨습니까?"

"그랬었지."

강비는 크게 고개를 끄떡였다.

"역시 제가 추측했던 대로 주군이셨군요. 지금 항주에서는 전광신수라는 별호명이 파다한데, 그것은 그날 정심천에서 비응보 수하들을 죽인 인물에게 붙여진 별호입니다."

"뭐라?"

강비가 말하는 전광신수라는 별호가 바로 진검룡을 가리키는 것이라고 한다.

"소문에 의하면 주군께서 비응보 수하들을 지풍으로 죽이셨다고 하더군요."

강비는 그렇게 말하면서 아까 진검룡이 보여주었던 무시무시한 권풍과 지풍을 떠올렸다.

바로 그 지풍으로 비응보 수하들을 가차 없이 죽였을 것이라고 생각했다.

원래 무림인 몇 명 정도 죽였다고 해서 별호가 금세 만들어지는 것이 아니다. 더구나 죽은 사람이 비응보 수하 정도면 더욱 그렇다.

그런데 진검룡이 전광신수라는 별호를 얻게 된 데에는 두 가지 이유가 있었다.

첫 번째는 진검룡이 비웅보 수하들을 죽인 수법이 지풍이라는 데 있다.

지풍으로 누군가를 죽이는 일은 항주에서 지난 수십 년 동안 한 번도 없었던 일이다.

절정고수만이 전개할 수 있는 지풍으로 비웅보 수하를 죽이는 일이 항주 내에서 벌어졌으므로 가장 빠르게 별호를 얻게 된 것이다.

두 번째 이유는 비웅보가 항주 성내 곳곳에서 통행료를 받는 것에 대해서 성민들의 불만이 매우 높았었는데, 그런 상황에서 누군가 정심천에서 통행료를 받는 비웅보 수하들을 죽여 따끔한 훈계를 내린 것이다.

그래서 성민들은 통쾌하기 짝이 없는 심정으로 서둘러서 그 협객의 별호를 지어준 것이다.

"음, 그랬었지."

진검룡은 강비의 물음에 고개를 끄떡여서 인정하며 한편으로는 기분이 째질 듯이 좋아졌다.

태어나서 난생처음으로 그에게 별호라는 것이 생겼으니 어찌 기분이 좋지 않겠는가.

그것도 제 스스로 지은 것이 아니라 그 자신도 모르는 사이에 사람들이 지어준 별호다.

대저 전광신수의 '전광(電光)'이 무슨 뜻인가. 번개가 칠 때 번쩍이는 빛을 '전광'이라고 하지 않는가.

진검룡이 비웅보 무사들을 죽일 때 발휘한 수법이 번갯불처럼 번뜩인 것을 보고 '전광'이라고 칭찬한 것이다.

게다가 '신수(神手)'는 또 무언가. 글자 그대로 '신의 손'이라는 뜻이다.

그러니까 전광신수를 풀이한다면 '번개를 만드는 신의 손'이라는 뜻이 아니고 무엇이겠는가.

진검룡은 가슴 저 밑바닥에서 뜨거운 자신감과 감동이 솟구치는 것을 느꼈다.

그러고는 목구멍이 간질거려 더 이상 웃음을 참을 수가 없어서 터져 나오고 말았다.

"움핫핫핫핫핫!"

그의 웃음소리가 매우 컸지만 민수림은 담담한 얼굴로 바라보았고 강비는 빙그레 미소 지었다.

민수림과 강비 두 사람 다 진검룡이 어째서 호탕하게 웃는지 이유를 알고 있다.

자신에게 전광신수라는 멋진 별호가 생겨서 기분이 좋은 것이다. 그런 걸 모를 바보는 없다.

그렇지만 진검룡은 웃음을 터뜨리기는 했는데 웃고 나니까 머쓱한 기분을 떨칠 수가 없다.

그는 웃음을 그친 바로 지금 자신이 어떻게 마무리를 하는지가 매우 중요하다고 생각했다.

좋은 별호가 생겼다고 크게 웃어서 바보처럼 보였을 테니까 그것을 상쇄해야만 하는 것이다.

하지만 짧은 시간에 자신이 이걸 어떻게 처리해야 할지 생각이 나지 않았다.

그래서 민수림을 보면서 껄껄 웃었다.

"하하하! 수림, 이거야말로 우스운 일이지 않습니까?"

해결해 달라고 은근슬쩍 그녀에게 떠넘기는 것이다.

우습기는 뭐가 우스운가. 실컷 웃고 나서 민수림에게 떠넘기는 그가 우스우면 몰라도 말이다.

과연 민수림은 아무렇지도 않게 고즈넉한 표정을 지으며 붉은 입술을 나풀거렸다.

"그러게 말이에요. 검객인 당신에겐 북두신검(北斗神劍)이라는 별호가 있는데 맨손을 사용하는 고수처럼 전광신수라니 당치도 않은 일이에요."

'뭐… 뭐시라고?'

진검룡은 화들짝 놀라서 민수림을 쳐다보았다.

'부… 북두신검이라니 거 무슨 뚱딴지같은 소리를……'

그러나 강비는 그보다 열 배는 더 놀란 얼굴로 민수림을 쳐다보고 있었다.

진검룡은 혹 떼려다가 더 큰 혹을 붙인 표정으로 민수림을 쳐다보았다.

그때 강비가 거의 넋이 나간 표정으로 진검룡과 민수림을 번갈아 쳐다보았다.

"맙소사… 주군께서 정말 전설의 북두신검이십니까……?"

진검룡은 명치를 한 대 무지막지하게 걷어차인 듯한 표정을 지었다.

'저… 전설의 북두신검은 또 뭐야?'

이 순간만큼은 민수림도 약간 당황했다.

그녀는 진검룡이 전광신수라는 별호가 마음에 들지 않는 것이라고 판단을 하여 그녀 딴에는 도움을 주는 의미에서 아무거나 떠오르는 별호 하나를 툭 내던진 것이다.

그런데 그게 얼토당토않은 '전설의 북두신검'일 줄이야.

그녀도 몰랐다.

'전설의 북두신검'이 무엇인지 모르는 진검룡과 민수림은 똑같이 강비를 쳐다보았다.

그게 뭐냐고 물어볼 수는 없지만 어쨌든 그의 입을 통해서 '전설의 북두신검'이 무슨 뜻인지 알아내려는 것이다.

그러나 강비는 경악하는 얼굴로 진검룡을 바라보면서 눈을 껌뻑거리더니 이윽고 공손히 허리를 굽혔다.

"천한 놈이 북두신검을 알아보지 못하고 결례가 많았습니다. 너그러이 용서하신다면 이제부터 목숨을 걸고 주군을 모시겠습니다."

이렇게 나오는데 '전설의 북두신검'이 뭐냐고 물을 수도 없는 상황이다. 강비는 지금까지와는 크게 달라진 몸가짐을 하면서 공손히 말을 이었다.

"비응보는 두 사람을 찾고 있는 겁니다. 연검문 소문주와 십엽루 소루주를 구해 간 한 사람과 정심천에서 비응보 수하들을 죽인 한 사람, 전광신수입니다."

그렇지만 두 사람은 동일인이며 바로 진검룡이다.

"비응보와 오룡방이 주군을 찾고 있다는 사실을 연검문과 십엽루도 알고 있습니다. 그래서 주군이 그들에게 해를 당할까 봐 조바심을 내고 있는 겁니다."

진검룡은 피식 웃었다.

"해를 당하다니, 그럴 일은 없다."

"물론 연검문과 십엽루는 주군의 진실한 신분을 몰라서 그러는 것입니다."

강비는 진검룡의 진짜 신분이 '전설의 북두신검'이라는 사실을 자신만 알고 있다는 것을 자랑스럽게 여기고 있다.

그때 잠자코 있던 민수림이 강비에게 말했다.

"이봐, 너. 개방 제자가 다른 사람의 수하가 되는 것은 위법이지 않느냐?"

"그, 그게……."

강비는 대답하지 못하고 쩔쩔맸다.

개방 제자는 절대로 다른 사람의 수하가 될 수 없다는 분명한 방규가 있으며 그것을 잘 알고 있는 강비다.

강비는 착잡한 표정을 지었다.

"어… 떻게 하실 겁니까?"

그는 민수림이 그것을 약점으로 잡으려는 것이 아닌가 하
고 생각했다.

第十九章

혈옥엽(血玉葉)

　민수림은 단지 그 말만 했을 뿐 더 이상 그 일에 신경 쓰지 않고 다른 곳을 망연히 바라보고 있다. 문제를 제기했으니까 진검룡더러 알아서 처리하라는 뜻이다.

　그래서 그녀 대신 진검룡이 강비를 꾸짖었다.

　"이놈아, 말이 그렇다는 거지 그걸 갖고 우리가 뭘 어쩌겠다는 건 아니다."

　강비는 머리를 긁적였다.

　"그러십니까……?"

　"그런데 궁금하긴 하다. 개방의 방규를 어겨가면서까지 너는 왜 내 수하가 되었느냐?"

"……."

정곡을 찔린 강비는 아무 말도 하지 못했다.

하지만 그는 어쩌면 지금부터 나쁜 상황이 전개될지도 모른다는 불안감이 엄습했다.

지금은 그가 말 한마디 잘못했다가는 자칫 돌이킬 수 없는 상황이 될 수도 있기 때문이다.

그가 보기에 진검룡이든 민수림이든 수틀리면 그를 일초식에 즉사시킬 수 있는 고수들이다.

그는 착잡한 표정으로 진검룡을 쳐다보았다.

진검룡은 담담한, 아니, 고요한 눈빛으로 그를 마주 쳐다보고 있었다.

강비는 진검룡의 눈빛을 접하는 순간 벼락을 맞은 듯 후드득 몸을 떨었다.

그리고 한 가지 사실을 깨달았다. 골치 아프게 잔머리 굴리지 말고 솔직하게 이 난관을 극복하자는 것. 그래서 생사는 하늘에 맡기자는 것이다. 잔머리 굴리다가는 외려 경을 칠 것만 같았다.

쿵!

강비는 그 자리에 무릎을 꿇고 이마를 바닥에 대고는 한껏 몸을 움츠렸다.

"저는 여태껏 당신을 기만한 것이 사실입니다! 그러나 구차하게 변명하지 않겠습니다!"

민수림은 관심 없다는 듯 아예 쳐다보지도 않고 진검룡만 물끄러미 강비를 응시했다.

강비는 처음에 진검룡의 수하가 된 것부터 거짓이었다. 그는 개방 제자이므로 절대 타인의 수하가 될 수 없다.

그렇지만 일단 자신을 최대한 낮추어 진검룡을 안심시키면서 그에게 접근하여 무엇인가를 알아내기 위해서 수하가 된 척 연기를 했던 것이다.

"저는 당신의 수하가 될 수 없습니다. 그렇지만 저를 내치지 않으신다면 죽을 때까지 당신을 성심껏 모시고 싶습니다. 이것은 저의 진심입니다."

그의 말인즉 자신은 개방 제자이기 때문에 표면적으로는 진검룡의 수하가 될 수 없지만 거두어만 주면 평생 수하처럼 충성하겠다는 것이다.

다시 말하면 겉으로 주군과 수하라고 드러내지만 않을 뿐이지 속으로는 지금과 다를 바 없는, 아니, 앞으로는 성심껏 진검룡을 모시겠다는 얘기다.

그 말을 끝으로 강비는 이마를 바닥에 댄 채 꼼짝도 하지 않았다.

죽이든지 살리든지 맘대로 하라는 뜻이다. 이런 상황에서는 구구한 말보다는 침묵이 오히려 낫다는 사실을 그는 잘 알고 있는 것 같았다.

진검룡은 물끄러미 강비를 굽어보았다. 그는 용정서가 저잣거리에서 잔뼈가 굵었으므로 이런 상황에 대해서 누구보다 잘 알고 있다.

사람이, 아니, 개방 제자가 이 정도로 나온다면 이건 진짜배기 진심이다. 그러니까 거두어야 한다.

진검룡은 일어나서 강비의 팔을 잡고 일으켜 주면서 다정하게 말했다.

"알았다. 앞으로 잘해보자."

"아아… 주군⋯⋯."

강비는 일어나면서 감격한 얼굴로 눈물을 왈칵 쏟았다. 거짓이 아닌 진짜 감격의 눈물이다.

진검룡이 꾸짖었다.

"나는 주군이 아니고 너는 내 수하가 아니다."

"키힝⋯⋯! 그… 렇습니다⋯⋯."

콧소리를 내면서 우는 강비는 콧물을 질질 흘렸다.

진검룡은 강비의 어깨에 팔을 둘렀다.

"비야, 앞으로는 친구처럼 사이좋게 지내자."

"키히잉⋯⋯!"

강비는 대답하지 못하고 그 대신 눈물을 더 많이 흘리면서 강아지처럼 낑낑거렸다.

진검룡은 원래 사람을 다루는 데 서툴렀으나 막상 닥치니까 많이 해본 것처럼 능란하게 잘하고 있다.

지금 진검룡이 강비를 받아들이는 것은 진심에서 우러났지만 진심만으로는 상대를 감동시키지 못하기 때문에 어느 정도 과장된 행동이 뒤따라야만 한다는 사실을 그는 지금 실천을 통해서 터득했다.

진검룡이 탄 배가 십엽루를 향해서 오고 있다는 보고를 들은 현수란은 용림당이 십엽루 포구에 닿기도 전에 한달음에 포구로 달려왔다.

"어서 오세요, 진 대협."

현수란은 용림당에서 내리는 진검룡 앞에서 포권을 하며 공손히 허리를 굽혔다.

그녀는 지난번에 진검룡에 대한 호칭을 명확하게 하지 않고 애매하게 불렀는데 지금은 정확하게 '진 대협'이라 불렀다. 호칭만이 아니라 그를 매우 공경하게 대하고 있다.

진검룡은 예전이나 다름이 없는 평범한 경장 차림에 무기는 지니지 않은 모습이다.

진검룡은 포권을 하며 가볍게 고개를 숙여 보였다.

"또 만났소."

현수란의 예절에 비하면 건방지기까지 한 답례지만 진검룡과 현수란 둘 다 개의치 않았다.

진검룡은 언제나 자신의 마음이 가는 만큼만 행동하는 것을 즐겨 하는 편이다.

예전에는 먹고사는 것이 급해서 그런 것을 논할 형편이 아니었지만 지금은 그래도 된다고 생각한다.

진검룡을 뒤따라서 민수림이 용림당에서 내리자 현수란은 그녀에게도 공손히 허리를 굽히며 포권했다.

그런데 민수림은 아예 포권도 하지 않고 고개조차 까딱거리지 않았다.

그래도 현수란은 개의치 않고 마지막에 내리는 독보와 강비까지 친절한 미소로 맞이했다.

현수란은 진검룡과 민수림 등을 유람선이 아닌 십엽루에서 가장 좋은 방으로 안내했다.

실내의 창가 탁자에는 진검룡으로서는 이날까지 살아오면서 단 한 번도 먹어본 적, 아니, 본 적조차 없는 온갖 진수성찬과 최고급의 술이 차려졌으며 젊고 아리따운 몇 명의 기녀가 시중을 들었다.

커다란 탁자 둘레에 진검룡과 민수림은 따로 떨어져서 앉아 있으며, 진검룡 좌우에는 기녀들이 앉아서 술을 따르고 맛있는 요리를 챙겨주는 등 시중을 들고 있다.

그리고 독보와 강비는 다른 탁자에 꿔다 놓은 보릿자루처럼 앉아 있다.

진검룡은 술이나 요리에 젓가락질도 하지 않고 현수란에게 조금 딱딱한 어조로 말했다.

"루주, 무엇 때문에 날 보자고 했소?"

맞은편에 앉은 현수란은 온화한 미소를 지으며 술과 요리들을 가리켰다.

"우선 술과 요리를 드세요."

진검룡 양쪽의 두 기녀가 기다렸다는 듯이 그에게 술을 권하고 젓가락으로 고기 요리를 집어 대령했다.

진검룡은 불쾌하다는 듯 슬쩍 미간을 좁혔다.

"내가 그냥 돌아가기를 원하는 것이오?"

현수란은 흠칫 놀라며 조금 당황했다. 산전수전 두루 겪은 그녀지만 진검룡이 어째서 처음부터 뻣뻣하게 나오는 것인지 이해하지 못했다.

그때 다른 탁자에 앉아 있는 강비가 약간 꾸짖는 듯한 표정과 목소리로 말했다.

"진 대협께선 이런 자리를 좋아하지 않으십니다."

현수란은 평소에 강비를 자주 만나는 편은 아니지만 어쩌다가 그를 만나게 돼도 하대를 하고 수하처럼 대한다.

그렇지만 지금은 그가 진검룡과 함께 왔으므로 함부로 대해서는 안 될 것이라고 생각했다.

그런데 강비가 오히려 현수란을 꾸짖고 있다. 그래도 그녀는 인내했다.

"무슨 뜻이죠?"

강비는 기녀들을 가리켰다.

"우선 기녀들을 내보내고 진 대협과 여협을 같이 앉으시도록 하는 게 좋겠습니다."

진검룡이 보일 듯 말 듯 고개를 끄떡이는 모습을 본 현수란은 가볍게 표정이 변하면서 무슨 뜻인지 깨닫고 즉시 손을 저어서 기녀들을 나가게 했다.

이어서 공손히 진검룡 옆자리를 가리키면서 민수림이 와서 앉기를 권했다.

"이쪽에 앉으세요."

그러나 민수림은 듣지 못한 듯 다른 곳을 보고 있다.

지체 높고 도도한 여자를 많이 상대해 보았으며 자신 역시 도도한 성격인 현수란은 친히 일어나서 민수림에게 다가가서 정중히 권했다.

"소저, 진 대협 옆에 앉으시지요."

현수란이 이 정도로 저자세를 취하는 이유는 진검룡과 민수림이 은인이기 때문만은 아닐 것이다.

그녀는 무언가 진검룡과 민수림의 도움을 바라고 있는 것이 분명하다.

"그러지 마시오."

진검룡이 일어나 민수림에게 가서 자기 자리인 것처럼 그녀 옆에 앉았다.

그걸 보고 현수란은 '아!' 하고 깨우치는 표정을 지었다. 이것으로 진검룡과 민수림 중에서 누가 윗사람인지, 그게 아니면 누가 누굴 공경하는지 알게 되었다.

현수란이 넘어야 할 산은 진검룡이 아니라 민수림인 것이다.

물론 진검룡과 민수림은 어느 누구의 눈에도 한 쌍의 연인처럼 보인다.

민수림이 훨씬 아름다워서 저울대가 많이 기울어지기는 하지만 그래도 인물이 훤하고 체격이 훤칠한 진검룡이 크게 꿀리지는 않는다.

진검룡은 강비를 손짓해서 불렀다.

"비야, 이리 와서 앉아라."

"넵!"

강비는 기다렸다는 듯이 벌떡 일어나서 탁자의 말석에 조심스럽게 앉았다.

진검룡은 현수란에게 독보를 다른 방에서 배불리 먹이라고 부탁했다.

독보는 진검룡이 하는 일에 별 관심이 없으므로 구태여 이 자리에 있지 않아도 된다.

진검룡은 여전히 술과 요리에는 젓가락을 대지 않고 현수란을 보며 단단한 표정으로 말했다.

"자, 날 보자고 한 이유가 무엇인지 말해보시오."

불과 한 달 전까지만 해도 진검룡은 현수란과 같은 탁자에 마주 앉기는커녕 그녀를 만나야 할 일조차도 없었다.

그런데 지금은 천하오대도읍의 하나인 항주를 쥐락펴락하

는 열 명 즉, 항주십대인(杭州十大人) 중 한 명인 현수란과 대등한 위치에서 대화를 하고 있다.

그뿐인가. 그녀에게 할 말이 있으면 어서 말하라고 독촉을 하고 있다.

현수란은 복잡한 표정을 지었다.

"진 대협, 우선 술이라도 한잔하시고 말씀하세요."

"나는 그러고 싶지 않……."

달그락……."

진검룡은 말하다가 옆에서 나는 작은 소리에 말을 멈추고 쳐다보았다.

그는 민수림이 빈 술잔을 손가락으로 희롱하듯이 탁자에 이리저리 굴리는 모습을 보고 깜짝 놀랐다.

'이런 젠장! 내가 지금 뭘 하고 있는 거지?'

그는 얼른 술병을 들고 민수림의 빈 잔에 술을 따르며 보일 듯 말 듯 고개를 숙였다.

그는 전음을 할 줄 몰라서 미안하다는 말을 전하지 못했지만 민수림은 알았다는 듯 살짝 미소를 지었다.

진검룡은 찰랑찰랑 넘치는 술잔을 들어 올리는 민수림의 눈이 빛나며 입가에 흐릿한 미소가 떠오르는 것을 발견하고 안도의 표정을 지었다.

그녀는 항주 성내 옛 청풍원 건너편 주루에서 진검룡에게 처음 술을 배운 이후부터 하루도 술을 마시지 않은 날이 없을 정도로 애주가가 되었다.

오늘은 시간이 일러서 그녀는 아직 술을 한 방울도 마시지 않았는데 이곳에 와서 탁자에 차려진 술병에서 술 향기가 솔솔 풍기자 군침이 돌아서 미칠 지경이었다.

하지만 자리가 자리인지라 자리에 앉자마자 자신이 덥석 술병을 잡고 술부터 마실 수는 없는 노릇이라서 진검룡이 먼저 한 잔 부어주기를 기다리고 있었던 것이다.

이제 진검룡이 첫 잔을 부어주었으므로 두 잔째부터는 그녀가 알아서 마실 터이다.

그런 것을 눈치채지 못할 현수란과 강비가 아니다. 두 사람은 보기와는 달리 민수림이 굉장한 애주가라는 사실을 알게 되었다.

진검룡은 자신과 맞은편의 현수란과의 사이인 왼쪽 자리에 두 사람을 향해 앉은 강비를 쳐다보며 보일 듯 말 듯 고개를 끄떡였다.

네가 알아서 대화를 진행하라는 뜻이다. 아무래도 결정은 진검룡, 아니, 민수림이 하겠지만 항주 성내에서 돌아가는 형편이나 소문, 그리고 이런 일의 경험은 강비가 더 많을 테니까 대화를 잘 이끌 것이라고 생각했다.

진검룡은 민수림의 빈 잔에 술을 따르고 나서 자신의 잔에도 술을 따랐다.

강비가 현수란에게 제법 정중하려고 애쓰면서 말했다.

"루주께선 비응보에 대응하셨습니까?"

현수란은 조금 전에 진검룡이 강비에게 가볍게 고개를 끄떡이는 것을 봤으나 확인하는 차원에서 진검룡을 쳐다보았다.

진검룡은 술잔을 비우고 나서 가볍게 고개를 끄떡였다.

"괜찮소. 얘기하시오."

현수란은 자신이 한낱 개방 항주분타 개방 제자하고 진지한 대화를 하게 될 줄 몰랐으나 지금은 그런 것을 따질 때가 아니라서 감정을 추슬렀다.

*　　　　*　　　　*

현수란은 강비하고 대화하지만 진검룡과 민수림이 들으라고 얘기를 시작했다.

"내가 직접 비응보에 찾아가서 내 딸을 납치하고 감금한 것에 대해서 따졌어요. 물론 본 루를 감시하다가 제압된 비응보 무사 세 명을 끌고 갔었지요."

진검룡은 그 말만 듣고서도 비응보에서 어떻게 나왔는지 짐작이 갔다.

비응보는 당연히 자신들은 모르는 일이라고 잡아뗐을 것이다. 진검룡이 비응보라고 해도 그랬을 것이다.

그랬기 때문에 현수란이 충격을 받은 것이고 거기에 대처하기 위해서 진검룡이 필요하게 된 것이다.

현수란의 얼굴이 딱딱하고 차가워졌다.

"비응보주는 딱 잡아떼더군요. 자신들은 절대 그런 짓을 하지 않았다고 말이에요. 외려 생사람 잡는다면서 나한테 화를 내더라고요."

"삼당주 균방을 불러달라고 했습니까?"

비응보 삼당주 균방이 소효령과 태도현의 납치, 감금을 주도한 인물이라고 지난번에 진검룡이 알려주었었다.

강비의 물음에 현수란의 눈초리가 성큼 치켜 올라갔다.

"당연히 삼당주 균방을 불러달라고 요구했어요. 그랬더니 균방이 와서도 자신은 절대로 그런 적이 없다면서 잡아떼지 않겠어요?"

강비가 물었다.

"십엽루를 감시하다가 제압된 비응보 수하 세 명을 보고는 그들이 뭐라고 했습니까?"

현수란은 진검룡과 민수림을 보면서 대답했다.

"자신들 수하가 아니라는 겁니다."

현수란은 어이없는 표정을 지었다.

"제압했던 세 명의 혈도를 풀어주고 물어보니까 이번에는 이놈들까지 자신들은 비응보 수하가 아니라는 거예요. 본 루에서 족쳤을 때는 자신들이 비응보 사당 휘하라고 실토했던 놈들이 말이에요."

"그래서 루주께선 어떻게 하셨습니까?"

"비응보 내에서 내가 무엇을 할 수 있었겠어요."

현수란이 분노해서 날뛴다고 해도 비응보 내에서 무엇을 어떻게 할 수 있었겠는가.

현수란은 항주 인근에서는 대단한 여걸이라고 이름을 날리지만 비응보에 가서는 아무것도 하지 못하고 돌아왔으며 그게 못내 가슴속에 한으로 남은 것 같았다.

말문이 막힌 강비가 진검룡을 쳐다보았다.

진검룡이 술잔을 들면서 물었다.

"연검문과 같이 가지 않았소?"

"같이 갔었으나 소용이 없었어요. 연검문도 속으로 끙끙 앓기는 마찬가지였으니까요."

"연검문주가 직접 왔었소?"

"아니에요. 쌍비연이 왔었어요."

쌍비연은 연검문에서 서열이 십위권이지만 문주 다음으로 유명한 실세다.

"쌍비연이 수하들과 함께 균방을 제압하려고 급습했다가 비응보주와 균방을 비롯한 비응보 고수들에게 제지를 당했어요. 그 바람에 싸움이 벌어질 뻔했는데 내가 쌍비연에게 그만두라고 전음을 보내서 말렸지요."

아무리 십엽루와 연검문이라고 해도 비응보 내에서는 제아무리 설쳐도 소용이 없을 것이다.

진검룡은 민수림의 빈 잔에 술을 따르면서 물었다.

"루주는 내가 어떻게 해주기를 원하는 것이오?"

대화가 이 정도 진행되자 진검룡은 현수란이 무엇을 원하고 있는지 짐작할 수 있게 되었다.

그래도 그녀의 입을 통해서 직접 듣기 위해 모른 체하고 물은 것이다.

현수란은 자세를 똑바로 했다.

"나는 이 일을 절대로 그냥 넘어가지 못하겠어요. 반드시 비응보주를 응징하고 싶어요."

진검룡은 민수림이 술을 마시는 것을 보고 맛있는 고기 한 점을 젓가락으로 집어서 그녀의 입으로 가져갔다.

"어떤 대가나 희생을 치르더라도 비응보주를 가장 잔인하게 죽이고 싶어요."

술잔을 비우고 난 민수림은 자신의 입 앞에 있는 한 점의 고기를 발견하고 진검룡을 쳐다보았다.

진검룡은 싱긋 웃기만 했다.

그러자 민수림은 살짝 얼굴을 붉히고 눈을 내리깔더니 새빨간 입술을 벌려 고기를 받아먹었다.

'오옷!'

진검룡은 천장을 뚫고 솟구칠 정도로 기분이 고조됐다.

강비는 그 모습을 보면서 흐뭇한 미소를 짓지만 현수란은 자신의 처지 때문에 웃을 수가 없다.

현수란은 진검룡에게 공손히 고개를 숙였다.

"도와주세요."

진검룡은 현수란을 도와주고 싶은 생각이 눈곱만큼도 없다. 남의 일에 휘말리기 싫은 것이다.

"내가 무슨 힘이 있겠소?"

현수란은 진검룡을 옆으로 보면서 눈을 살짝 흘겼다.

"전광신수가 진 대협이시라는 거 알고 있어요."

그녀는 십엽루주라는 대단한 신분이라서 아무에게나 눈을 흘기지 않는다.

상대가 현재 항주에서 급부상 중인 떠오르는 신성(新星)이며 전광신수라는 굉장한 별호까지 얻은 대협이라서 그녀 자신도 모르게 연약한 여자의 모습을 보인 것이다.

진검룡은 삼십 대 초반의 아리따우며 요염한, 그리고 교태가 철철 흐르는 현수란의 눈 흘김을 받고는 잠시 동안 뼈가 녹는 것 같은 기분이 됐다.

그가 언제 현수란 같은 굉장한 여자의 교태 어린 눈 흘김을 받아보았겠는가.

현수란은 자신의 눈 흘김이 먹혔다고 생각했는지 이번에는 상체를 살랑살랑 흔들면서 코 먹은 목소리를 냈다.

"지풍을 전개하시는 전광신수 정도의 실력자라면 비웅보주 따윈 어린아이처럼 다루지 않겠어요?"

"어… 험! 그건 그렇겠지만……."

그때 민수림이 술병을 들고 살랑살랑 흔들면서 현수란에게 물었다.

"이게 무슨 술인가요?"

술이 들어 있지 않은지 술병에서 아무 소리도 나지 않았다.

"아……."

현수란은 민수림의 청아하면서도 그윽한 목소리를 듣는 순간 맥이 탁 풀리고 마음이 한없이 가라앉는 것을 느껴서 자신도 모르게 나직한 탄성을 흘렸다.

평소에 술이라면 환장을 하는 강비는 주향을 맡는 것만으로 술 이름을 간파했다.

"작로주(芍露酒)입니다, 소저."

강비는 그렇게 말해놓고서 현수란을 쳐다보았다.

현수란은 고개를 끄떡였다.

"작로주가 맞아요."

그녀는 시녀를 시켜서 작로주 두 병과 이상주(梨霜酒)라는 술 두 병을 더 가져오라고 했다.

현수란은 미소를 지으며 민수림에게 물었다.

"술이 입에 맞나요?"

민수림은 술잔을 만지작거렸다.

"화향(花香)이 조금 진한 것을 제외하면 괜찮은 맛이에요."

"아……."

현수란은 가볍게 놀랐다.

"작로주를 마셔봤나요?"

"아뇨, 처음이에요."

"그런데 화향이 진한 것을 어떻게 아셨나요?"

민수림은 흑백이 또렷한 눈을 깜빡거렸다.

"전체적인 균형을 화향이 깨고 있어요. 화향이 조금만 더 약하다면 아주 훌륭한 술이 될 것 같아요."

현수란은 시녀가 가져온 작로주를 받아서 한 잔을 음미하듯 천천히 마셔보았다. 술장사 십오 년에 주신(酒神)의 경지에 오른 그녀다.

탁······.

그녀는 잔을 내려놓고 민수림을 바라보면서 적잖이 감탄하는 표정을 지었다.

"소저의 말씀이 맞아요. 삼 년 전에 담근 작로주는 화향이 조금 센 편이에요."

그녀는 민수림이 술에 대해서는 대가라고 생각했다.

민수림은 가볍게 고개를 끄떡이며 부드러운 미소를 지었다.

"좋은 술을 마시게 해주었으니까 그대의 부탁을 들어주도록 하겠어요."

현수란의 말을 거절하려던 진검룡이 깜짝 놀라서 민수림을 쳐다보는데 그녀의 전음이 고막을 울렸다.

[내 말대로 하세요.]

그녀의 전음으로 설명을 듣고 난 진검룡은 조금 여유를 두고 술을 한 잔 마시고서 입을 열었다.

"오늘 비응보에 가시오. 우리가 같이 가주겠소."

"정말인가요?"

현수란은 설마 진검룡이 이렇게 쉽게 자신의 부탁을 들어줄 뿐만 아니라 비응보에 같이 가주겠다고까지 하자 놀라움과 기쁨이 교차했다.

진검룡은 자신의 뜻은 조금도 들어 있지 않은, 민수림이 시키는 대로 말을 이었다.

"루주가 보는 앞에서 우리가 비응보주를 제압하여 그자의 입에서 자신들이 령아와 현아를 납치, 감금했었다는 실토가 나오게끔 해주겠소."

현수란은 기쁨에 앞서 조금 못 미더운 듯 확인했다.

"그게 가능할까요?"

진검룡은 눈살을 슬쩍 찌푸렸다.

"내가 농담하는 것 같소?"

현수란은 움찔했다.

"아… 니에요."

"연검문도 불러서 함께 갑시다. 이번에는 쌍비연이 아닌 연검문주더러 직접 오라고 하시오."

진검룡은 십엽루에 들렀다가 연검문에 가려고 했는데 이렇게 되면 비응보에서 연검문주를 만날 수밖에 없다.

사실 낭떠러지에 몰린 현수란으로서는 매달릴 사람이 진검룡밖에 없었다.

만약 그가 도와달라는 부탁을 거절한다면 현수란은 딸을 납치한 범인이 누군지 뻔히 알면서도 눈물을 삼키면서 포기할 수밖에 없을 터이다.

진검룡과 민수림이 비웅보주와 삼당주를 직접 제압해서 그들 입으로 실토를 시킨다고 말한 것은 그만큼 자신이 있기 때문일 것이다.

현수란은 일어나서 정중하게 포권을 하며 허리를 굽혔다.

"그렇게만 해주신다면 그 은혜 백골난망이고 죽을 때까지 갚겠어요."

현수란이 진검룡 등과 함께 다시 한번 비웅보를 방문하는 일은 급물살을 탔다.

그녀가 은밀하게 연검문에 연락을 하자 무조건 찬성한다는 답이 돌아왔다.

진검룡은 비웅보가 있는 항주 북쪽 난정강(蘭亭江) 강가의 벽옥루(碧玉樓)라는 주루에서 현수란, 연검문주와 만나기로 하고 십엽루를 나왔다.

난정강 강변에는 수많은 주루와 기루들이 즐비하게 늘어서 있으며 하나같이 개인 용도의 작은 포구를 지니고 있다.

오후 미시(未時: 2시경) 무렵. 벽옥루의 강쪽 포구에 날렵하고 아담한 모양의 배 용림당이 다가와서 정박했다.

항주의 물길은 모두 다 연결되어 있기 때문에 배로 가지 못할 곳이 없다.

벽옥루 이 층 강 쪽으로 난 객실 안에 앉아 있던 현수란과 연검문주는 포구에 정박한 용림당에서 진검룡과 민수림, 강비가 내리는 광경을 보고는 한달음에 달려 내려왔다.

"진 대협, 소저."

현수란은 진검룡에게 달려와서 얼싸안기라도 할 것처럼 반갑게 인사를 했다.

그녀는 진검룡과 이곳 벽옥루에서 만나기로 약속은 했지만 그가 정말 나올 것인가에 대해서는 확신이 서지 않다가 그를 보자 뭐라고 설명할 수 없을 정도로 기뻤다.

진검룡은 현수란 옆에 서 있는 중년인이 연검문주일 것이라고 짐작했지만 인사에 앞서 주루를 가리켰다.

"여기는 눈이 많으니까 일단 들어갑시다."

강에는 많은 배들이 오가고 있으므로 누군가의 눈에 띌 수도 있는 것이다.

진검룡 등은 주루 이 층 객실로 들어갔다.

중년인은 진검룡에게서 한시도 눈을 떼지 못하고 있다가 실내에 들어서자마자 가깝게 다가왔다.

"진검룡 소협이시오?"

진검룡은 내심 움찔 놀랐다. 항주오대중방파의 하나인 연검문 문주에게 '소협'이라는 호칭으로 불렸기 때문이다.

그가 허리를 굽히면서 대답하려는데 민수림의 전음이 고막을 뚫고 들어왔다.

[검룡, 당당하게 대하세요.]

'아……!'

흠칫 놀란 진검룡은 굽히려던 허리를 꼿꼿하게 펴고 똑바로 연검문주를 응시했다.

"그렇소. 내가 진검룡이오."

그러고는 최대한 당당한 모습으로 늠름하게 말하려고 노력했지만 목소리가 살짝 떨렸다.

그러나 그가 긴장해서 그러는 것이라고 생각하는 사람은 민수림뿐이다.

연검문주는 진검룡의 두 손을 덥석 잡으면서 몹시 반가운 표정을 지었다.

"나는 현아의 아비인 태동화(太東華)외다. 이렇게 만나니 정말 반갑소."

진검룡은 영웅의 기개가 넘치는 태동화가 자신을 만난 것을 몹시 기뻐하고 있으며 또한 아들 태도현을 구해준 것에 대해서 크게 고마워한다는 사실을 느꼈다.

태동화는 더욱 가깝게 다가들어 몸이 닿을 듯한 상태에서 진검룡의 잡은 손을 흔들었다.

"진 소협이 내 아들을 구해준 것은 당연히 고마운 일이지만

나는 그보다도 진 소협 같은 훌륭한 청년 영웅을 만났다는 사실이 더욱 기쁘오."

그는 평소에 과묵한 편인데 지금은 말을 많이 하고 있다.

태동화는 한 명의 청년을 대동하고 왔는데 한눈에도 매우 영준한 용모를 지녔으며 비범하게 보였다.

태동화가 청년을 진검룡에게 소개했다.

"내 제자요. 웅아, 진 소협에게 인사드려라."

청년이 진검룡에게 포권을 하고 정중히 고개를 숙였다.

"정무웅(鄭武雄)이오."

진검룡은 자신보다 나이가 서너 살쯤 많아 보이고 양쪽 어깨에 쌍검을 메고 있는 청년 정무웅이 첫눈에 마음이 들어서 마주 포권을 했다.

"진검룡이오."

두 사람은 잠시 서로를 응시하며 시선을 교환했다.

그때 진검룡 귓전에 강비의 전음이 들렸다.

[대협, 정무웅이 바로 쌍비연입니다.]

요즘 연검문 내에서 가장 유명하다는 쌍비연이 바로 정무웅이었다는 것이다. 현수란도 데리고 온 삼십이삼 세 정도의 늘씬한 여자를 진검룡에게 소개했다.

第二十章

분근착골(粉筋鑿骨)

　진검룡과 민수림, 현수란과 그녀가 데리고 온 삼엽, 연검문 주 태동화, 쌍비연 정무웅 여섯 명은 주루에서 나와 곧장 비응보로 향했다.

　평소에는 비응보 전문이 양쪽으로 활짝 열려 있지만 오늘은 굳게 닫혀 있다.

　매일 수백 명이 드나들기 때문에 전문을 닫아놓을 수가 없을 텐데 이상한 일이다.

　아마도 수백 명의 출입을 막으면서까지 전문을 굳게 닫아야만 하는 일이 생긴 것 같다.

　쌍비연이 주먹으로 전문을 두드렸다.

쿵쿵쿵!

그렇지만 꽤 오랜 시간이 지나도 아무런 반응이 없어서 이 번에는 더 세게 두드렸다.

쿵쿵쿵쿵!

커다랗고 두꺼운 전문이 심하게 흔들렸다.

그렇게 한참이 지나서야 전문 너머에서 누군가의 굵은 목소리가 들렸다.

"누구시오!"

말은 누구냐고 그러지만 묻는 것이 아니라 물러가라는 호통 같았다.

쌍비연이 더 웅혼하게 대답했다.

"연검문주와 십엽루주께서 비웅보주를 만나러 왔으니 당장 전문을 여시오!"

전문 안쪽에서는 아무 말도 없다. 연검문주와 십엽루주가 같이 왔다니까 놀란 모양이다.

결국 일각이 지난 후에야 전문이 열렸다.

그그긍!

연검문주와 십엽루주가 같이 찾아왔다는데 비웅보로서는 처음처럼 전문을 닫고만 있을 수는 없는 일이었을 것이다.

진검룡 일행은 접객실로 안내되었으며 그곳에서 다시 반시진이 지나서야 비웅보주를 만날 수 있었다.

비응보주가 시간을 끈 이유는 뻔하다. 연검문주와 십엽루주가 함께 찾아왔다고 하니까 거기에 대한 대응책을 궁리하느라 그랬을 것이다.

하지만 비응보주가 제아무리 대응책을 마련한들 별 소용이 없을 터이다.

민수림이 비응보주를 제압하기로 마음먹었으면 그렇게 되고야 말 것이기 때문이다.

비응보주는 접객실에 들어와 태동화와 현수란을 보고서도 인사는커녕 아는 체도 하지 않았다. 그러는 것은 일전을 각오하고 있다는 뜻이기도 하다.

비응보주는 비광도(飛狂刀)라는 별호에 부호량(扶豪亮)이라는 항주에서 가장 유명한 다섯 명 안에 드는 이름을 갖고 있다.

비응보주 부호량 뒤에는 열 명의 경장 사내들이 늘어서 있으며 언뜻 보기에도 하나같이 일류고수의 당당한 위용을 뿜어내고 있다.

부호량이 어째서 열 명의 일류고수들을 대동하고 왔는지 짐작하지 못하는 사람은 없을 것이다.

모르긴 해도 부호량 뒤에 늘어선 열 명은 비응보에서 최고로 고강한 고수들일 것이다.

그뿐만 아니라 민수림은 접객실 바깥 복도와 대전, 그리고 전각 주위에 백여 명의 고수와 무사들이 빽빽하게 포위하고 있다는 사실을 이미 감지했다.

부호량은 현수란과 태동화가 오늘 무엇 때문에 찾아왔는지, 그리고 이번에는 지난번처럼 호락호락하게 돌아가지 않을 것이라는 사실을 짐작하고 있다.

그래서 최악의 상황에는 현수란과 태동화를 제압하거나 죽일 수밖에 없다는 결정을 내렸다.

현수란은 이런 답답한 상황을 질질 끌고 싶지 않아서 자리에 앉기도 전에 옆에 서 있는 진검룡을 가리키며 부호량에게 냉랭하게 말했다.

"부호량, 이분이 누구신지 아느냐?"

부호량이 자신의 딸을 납치해서 감금했던 원흉이라는 사실을 알고 있는 현수란이므로 그를 대하는 말이 고울 리가 없다.

부호량은 새파랗게 젊은 데다 제법 준수하게 생긴 진검룡이 누군지 궁금했으나 별로 신경 쓰지는 않았다.

아무리 세세히 뜯어봐도 대단할 것 같지 않기 때문에 건성으로 물었다.

"그가 누구요?"

현수란은 콧날을 세우며 차갑게 말했다.

"전광신수라는 별호를 들어봤느냐?"

"전광……"

부호량은 입속으로 중얼거리다가 흠칫 표정이 가볍게 변해서 눈을 크게 뜨고 진검룡을 주시했다.

항주 성내 정심천에서 통행료를 받는 비웅보 수하 대여섯 명을 지풍으로 죽이거나 중상을 입힌 고수가 전광신수라고 불린다는 사실을 부호량도 잘 알고 있다.

그리고 또 어쩌면 전광신수가 연검문과 십엽루의 소문주, 소루주를 구했을 수도 있다는 소문이 파다했다.

진검룡은 부호량이 쏘는 듯이 이글거리는 눈빛으로 노려보자 순간적으로 움찔했다.

그러나 곧 가슴 밑바닥에서 반골(叛骨)의 뒤틀린 항심이 고개를 쳐들고 이빨을 드러냈다.

"이놈아! 누굴 감히 노려보는 것이냐? 확 뽑아버리기 전에 눈깔에 힘 안 뺄래?"

부호량이 찔끔해서 급히 눈빛이 누그러졌다.

진검룡은 자신이 세게 나가면 비웅보주인 부호량조차도 깨갱 한다는 사실을 깨달았다.

[고운 말 써요.]

그때 민수림이 차분하게 전음을 보내더니 탁자 쪽으로 걸어가서 의자에 앉았다.

모두들 서 있는데 민수림 혼자 의자에 앉아서 아까 부호량을 기다리며 마셨던 식은 차를 느긋하게 마셨다.

그 하나의 동작만으로 실내의 모든 중인은 그녀가 몹시 우아하고 품위 있다는 생각을 했다.

[비응보주를 제압하세요.]

"……."

자기더러 부호량을 제압하라는 민수림의 전음에 진검룡은 순간 똥줄이 바짝 오그라들었다.

그는 마른침을 꿀꺽 삼키면서 부호량을 쳐다보았다.

사십 대 초반의 나이에 부리부리한 눈과 두툼한 입술을 지닌 용맹한 외모의 부호량은 어느 면으로나 진검룡보다는 고강할 것 같았다.

오른쪽 어깨에 한 자루 대도(大刀)를 메고 있으며 팔뚝은 진검룡보다 두 배나 굵고 팔 길이도 손이 무릎에 닿을 정도로 길었다.

부호량의 그런 외모와 기세는 이제 막 고수가 된, 아니, 마음가짐과 정신상태는 고수가 되려면 아직 턱도 없는 애송이인 진검룡을 움츠러들게 만들기에 충분했다.

그때 민수림의 전음이 파고들었다.

[명심해요. 검룡이 저자보다 고수예요.]

그 말에 여태까지의 긴장이 거짓말처럼 사라지고 대신 뱃가죽이 뜨거워지면서 아랫도리가 괜히 불끈거렸다.

'으흥! 그렇지! 내가 너보다 고수다, 인마!'

진검룡은 조금 전에 자신이 큰소리를 치니까 부호량이 찔끔했던 것을 떠올리고 자신감이 머리 꼭대기, 아니, 정수리와 천장까지 뚫어버렸다.

그는 부호량을 주시하면서 어떤 수법을 전개하여 그를 제압할 것인지를 생각했다.

그가 터득한 수법은 대라벽산 하나뿐이지만 전개할 수 있는 초식은 일초식에서 육초식까지 여섯 개이므로 여섯 가지 수법이라고 해도 지나친 말이 아니다.

나머지 칠, 팔초식은 풍기술 청영신기다. 즉, 대라벽산 일초식에서 육초식까지를 멀리까지 발출하여 이동시키고 또 더욱 강력하게 만든다.

그에게서 부호량까지의 거리가 일 장 반이니까 무조건 허공을 격하는 수법 즉, 대라벽산 일초식에서 육초식까지 중에 하나를 전개하면서 칠, 팔초식 풍기술을 병행해야만 한다.

잠시 궁리하던 그는 금나수법 육초식 꺾기 절영신위(折影神威)에 풍기술 팔초식 인섭기공(引攝氣功)을 가미하여 전개하기로 마음먹었다.

풍기술은 뿜어내는 칠초식 발탄기공(發彈氣功)과 끌어당기는 팔초식 인섭기공이다.

그는 백삼십오 년 전 공력을 끌어올려서 절영신위와 인섭기공을 전개할 만반의 태세를 갖추었다.

이제 그가 급습하면 부호량은 꼼짝도 하지 못한 채 제압되고 말 것이다.

그는 자신보다 약한 부호량이 대라벽산을 피하거나 막아낼 것이라고는 믿지 않았다.

그런데 바로 그 순간 전혀 예기치 않은 일이 벌어졌다.

차차촹!

부호량을 비롯한 그의 뒤쪽 열 명의 고수들이 일제히 어깨의 도검을 뽑으면서 몸을 날리는 것이 아닌가.

그들 열한 명의 동작이 똑같다는 것은 부호량이 전음으로 명령을 내렸기 때문일 것이다.

또한 열한 명이 허공에 몸을 날려서 공격해 가는 사람은 다름 아닌 진검룡이다.

"허엇?"

진검룡은 깜짝 놀라서 부지중 나직한 헛바람 소리를 내며 뒤로 주춤 한 걸음 물러섰다.

진정한 고수라면 아무리 놀라도 헛바람 소리 같은 것을 내지 않고 또 내서도 안 되지만, 진정한 고수하고는 거리가 먼 진검룡은 속에서 나오는 진실의 소리를 막지 못했다.

그는 설마 부호량 등이 먼저 선공을 할 거라고는 전혀 예상하지 못했다.

이쪽에서 부호량을 비롯한 열한 명이 선공할 것이라고 예상한 사람은 민수림뿐이다.

그렇지만 그녀는 그 사실을 진검룡에게 알려주지 않았다. 이런 경우는 흔하지 않기에 돈 주고 살 수 없는 좋은 경험을 해보라는 뜻이다.

조금 전에 실전 경험이 전혀 없는 진검룡은 부호량을 있는 힘껏 쏘아보면서 공력을 극도로 끌어올리고 두 눈이 살기로 이글이글 불타올랐다.

그것은 상대에게 내가 이제 곧 너를 공격할 테니까 그 전에 네가 먼저 나를 공격하는 것이 좋을 것이다, 라고 매우 친절하게 가르쳐 준 것이나 다름이 없는 일이다.

코흘리개 어린아이조차도 알아차릴 그런 살기를 어찌 부호량이 알아차리지 못하겠는가.

현수란과 태동화 등은 진검룡이 부호량을 쳐다보면서 살기를 무시무시하게 발출한 일을 모르고 있었기 때문에 부호량 등의 선공을 감지하지 못했다.

어쨌든 부호량을 비롯한 열한 명은 순식간에 도검을 움켜쥔 채 절반은 허공에 몸을 띄우고 절반은 바닥 위를 쏜살같이 덮쳐들면서 맹공을 퍼부었다.

쏴아아앗! 쐐애애액!

열한 자루 도검이 허공을 쪼개는 파공음이 귀청을 찢을 것처럼 날카로웠다.

"……."

눈앞에서 벌어지고 있는 이런 엄청난 광경을 난생처음 접하는 진검룡은 한순간 기가 질리고 경악하여 아무 말도 하지 못하고 두 눈을 화등잔처럼 부릅뜨고는 멍하니 바라보기만 할 뿐이다.

태동화와 현수란은 소스라치게 놀라서 다급하게 한마디씩

부르짖었다.

"피하시오!"

"위험해요!"

그러나 그들은 진검룡이 듣지 못한 듯 제자리에 우두커니 서 있는 모습을 보고는 그가 피할 엄두를 내지 못하는 것이라고 생각했다.

그때 민수림의 짧은 전음이 그의 멍한 정신을 두드렸다.

[지금이에요!]

'……'

진검룡이 정신을 번쩍 차렸을 때에는 부호량의 도가 그의 정수리를 향해 넉 자 정도의 거리를 두고 맹렬히 그어오고 있는 중이다.

쐐애액!

태동화와 현수란, 쌍비연 정무웅, 삼엽은 진검룡이 부호량의 도를 피할 것이라고는 생각하지 못했다.

지금 같은 초미의 상황에서 부호량의 전력이 실린 일도를 피하려면 최소한 이 갑자 이상의 공력을 지녀야만 가능하기 때문이다.

진검룡은 이 갑자 이상 백삼십오 년의 공력을 지녔으므로 정신만 차리면 충분히 피할 수 있다.

하지만 그는 피하기보다는 반격을 선택했다. 사실 그는 피하는 것보다는 싸우는 것을 훨씬 더 좋아한다.

더구나 진검룡은 이미 백삼십오 년 공력을 극한으로 끌어 올려서 대라벽산을 발출하려고 만반의 준비를 하고 있었으므로 그저 가볍게 팔을 뻗어서 공력을 뿜어내는 것쯤이야 어렵지 않은 일이다.

슈아앙…….

그가 오른손을 번개같이 뻗으면서 슬쩍 휘젓는 동작을 취하자 맑고 푸른 기운이 번쩍! 하고 뿜어졌다.

뻐걱!

"끄윽……!"

다음 순간 청광(淸光)이 번갯불처럼 일직선으로 뿜어져서 허공에 엎드린 자세로 덮쳐오고 있는 부호량의 목을 휘어 감아서 아래로 확! 끌어당겼다.

쿠쿵!

"흐윽!"

대라벽산의 금나수법에 청영신기를 가미해서 발출했으므로 부호량의 목을 낚아채서 바닥에 내동댕이친 것이다.

그러나 그 순간 열 명 고수들의 도검이 일제히 진검룡 한 몸을 향해 쏟아졌다.

쐐애애액!

진검룡은 흠칫 놀라서 온몸이 뻣뻣하게 경직됐으나 그 즉시 그들을 향해 두 손을 뻗으며 열 손가락을 활짝 펼쳐서 열 개의 순정강을 발출했다.

      *   *   *

츠으윳! 츠츠춋!

여치 울음소리 같은 기이한 파공음과 함께 반투명한 금빛 빛살 열 줄기가 부챗살처럼 뿜어졌다.

현수란과 태동화 등은 진검룡의 열 손가락에서 뿜어지는 흐릿한 금빛 광선을 보면서 혼비백산했다. 그들이 보기에 한꺼번에 열 줄기 지풍을 발출하는 진검룡은 이 세상 사람이 아닌 것 같았다.

퍼퍼퍼어억!

"큭……."

"끅……."

"어윽……."

여러 마디의 답답한 신음 소리와 함께 덮쳐오던 열 명이 한꺼번에 바닥에 추락하거나 나뒹굴었다.

쿠쿠쿠쿵!

그러면서 그중 한 명이 먼저 바닥에 쓰러져 있던 부호량을 덮쳤다.

콰작!

"꾸액!"

부호량은 죽지 않았기 때문에 충격을 견디지 못하고 돼지

먹따는 소리를 냈다.

현수란과 태동화 등은 자신들의 눈앞에서 벌어진 광경에 혼비백산해서 우두커니 서 있을 뿐이다.

도대체 무슨 일이 벌어지고 있는 것인지 눈으로 보면서도 믿어지지 않았다.

진검룡이 열 명의 고수에게 순정강을 발출하지 않더라도 그가 위기에 처하면 온몸에서 자연히 순정기가 뿜어지므로 염려할 것이 없었다.

하지만 그는 자신이 시간적으로 충분히 열 명을 처리할 수 있을 것 같아서 일부러 순정강을 발출한 것인데 역시 보기 좋게 성공했다.

열 명의 고수들 중에 여섯 명은 순정강이 머리와 심장을 관통해서 즉사했으나 나머지 네 명은 급소를 피해서 적중되었기에 바닥에 쓰러져서 온몸을 비틀거나 데굴데굴 구르면서 처절하게 비명을 질러댔다.

진검룡은 부호량에게 오른손을 뻗었다가 슬쩍 가볍게 당기는 시늉을 했다.

그러자 수하 고수에게 깔려 있던 부호량이 스윽 빠져나왔다가 진검룡 발치에 끌려와서 멈추었다.

조금 전에 진검룡이 부호량에게 대라벽산 육초식 꺾기 절영신위를 청영신기를 가미해서 전개하여 제압했기 때문에 아직까지 청영신기의 끈이 연결되어 있어서 끌어당기면 끌려오는 것이다.

여전히 청영신기의 푸른빛 청광이 부호량의 목을 휘감고 있어서 진검룡이 손에 약간 힘을 주자 청광이 그의 목을 조금 바짝 조였다.

"끄으으……."

부호량은 똑바로 누운 자세에서 얼굴이 새빨개지면서 온몸을 파닥거리며 괴로워했다.

진검룡은 청영신기를 거두지 않고 부호량의 목을 감은 상태에서 약간 느슨하게 풀어주고 말문을 열었다.

"묻겠다."

"캐애액! 캑캑! 콜록… 커억!"

목이 조였다가 풀어지자 부호량은 눈물 콧물에 입에서 침까지 쏟아내면서 격렬하게 기침을 해댔다.

진검룡은 의젓하게 물었다.

"태도현과 소효령을 납치한 것이 너였느냐?"

"끄으으……."

부호량은 눈알이 튀어나올 것처럼 붉어져서 그르렁거리는 소리만 낼 뿐 대답하지 않았다.

민수림이 진검룡의 질문을 바로잡아 주었다.

[저자가 납치한 것이 아니라 그 아이들을 납치하라고 삼당주 균방에게 지시한 거였어요.]

'아…….'

진검룡은 질문할 내용을 다시 머릿속에서 정리하고 나서 다시 물었다.

"그 아이들을 납치하라고 명령한 것이 너였느냐고 물었다. 어서 대답해라."

부호량은 핏발이 곤두선 눈으로 있는 힘껏 진검룡을 노려보면서 이를 갈았다.

"으으… 어서 죽여라……"

"이놈이!"

진검룡은 다시 한번 오른손의 청영신기를 잡아당겨서 부호량의 목을 힘껏 조였다.

"끄으으……."

부호량의 얼굴이 터질 것처럼 새빨개지면서 온몸을 떨며 파닥거렸다.

그때 민수림이 일어나서 다가왔다.

[그러다간 그자가 죽고 말 거예요. 또한 그런 식으로는 절대로 입을 열게 하지 못해요.]

그녀는 일단 펼쳐지면 처절한 고통을 견디지 못해서 끝내 자신이 알고 있는 모든 것들을 실토할 수밖에 없는 분근착골(粉筋鑿骨)이라는 수법을 부호량에게 전개하려고 한다.

진검룡이 혈도에 대해서 모르기 때문에 말로는 가르쳐 줄 수가 없어서 직접 전개하려는 것이다.

[청영신기를 거두세요.]

진검룡이 청영신기를 거두자 민수림이 그의 옆에 나란히 서서 부호량을 굽어보았다.

[잘 보세요.]

그녀는 진검룡의 탁월한 기억력과 이해력에 대해서 이미 충분히 경험했었기 때문에 이 기회에 분근착골을 직접 가르쳐 주기로 마음먹었다.

민수림 정도의 초극고수라면 손가락 하나 까딱하지 않고서도 몸에서 기운을 발출하여 부호량의 혈도를 제압할 수 있지만 지금은 진검룡에게 분근착골을 가르치려고 직접 손가락을 세워서 지풍을 발출했다,

팟… 팟… 팟… 팟…….

그것도 아주 느리게.

민수림은 부호량의 상체와 하체 도합 열여덟 곳의 혈도를 허공을 격하여 지풍으로 느릿하게 누르고 나서 진검룡을 쳐다보았다.

[내가 어딜 눌렀는지 기억해요?]

진검룡은 가만히 있다가 주위를 두리번거리더니 바닥에 널브러져 있는 열 명의 고수들 중에서 아직 죽지 않은 한 명을 발견하고 그에게 청영신기를 발출하여 목을 감아서 자신에게로 끌어당겼다.

"으으으……."

순정강이 가슴 한가운데를 관통당한 고수는 피를 흘리면서

버둥거리며 끌려왔다.

진검룡은 방금 민수림에게 배운 분근착골을 그자에게 전개하려는 것이다.

그는 머릿속으로 민수림이 부호량의 어딜 제압했는지 한 번 더 되새기고는 두 손을 들어 올리자마자 손가락을 분주하게 움직였다.

츠츳… 츠츠츠으읏!

그의 열손가락에서 반투명한 금광이 번쩍거리면서 마구 뿜어져 나갔다.

퍼퍼퍼퍼퍽!

진검룡은 정확하게 열여덟 군데 혈도를 찍었다.

"끄으으……."

그런데 고수는 온몸에 새롭게 열여덟 군데 구멍이 뚫려서 그곳으로 피를 콸콸 흘리면서 세차게 몸을 떨다가 잠시 후에 숨이 끊어졌다.

민수림이 어이없는 표정으로 자신을 쳐다보자 진검룡은 찔끔하는 표정을 지었다.

'앗! 이런 실수를……'

그는 순정강 열여덟 줄기로 고수의 몸에 열여덟 개 구멍을 뚫어버린 것이다.

분근착골을 전개하려면 열여덟 개 혈도를 단지 누르기만 해야 하는데 아예 관통을 시켰으니 누군들 죽지 않겠는가.

진검룡은 이름도 모르는 수법을 배우려다가 애꿎은 고수 한 명의 몸을 벌집으로 만들어 버렸다.

민수림이 충고했다.

[다음부터는 분근착골수법을 전개할 때 대라벽산 발탄기공을 약하게 사용하세요.]

'네.'

[마지막 혈도는 여기예요.]

민수림은 열아홉 번째 혈도로 부호량의 미간을 찌르고는 팔짱을 꼈다.

그 순간 부호량의 몸에서 느닷없이 뼈마디가 부러지거나 뒤틀리는 듯한 음향이 터졌다.

뿌드득! 우지직! 뚜다닥… 뿌가각!

그러고는 그가 눈과 입을 찢어질 듯이 크게 벌리고 처절한 비명을 터뜨리려는 순간 민수림이 지풍을 날려서 그의 마혈과 아혈을 제압했다.

파파팟……

부호량은 움직이지 못하는 상태에서 뼈를 부러뜨리고 근육을 찢어발기는, 인간이 절대로 견딜 수 없다는 분근착골의 고통을 당하면서도 아혈이 제압되어 비명은커녕 신음 소리조차 흘려내지 못했다.

그저 온몸에서 뼈가 부러지고 근육이 뒤틀리는 소리가 잔잔하게 흐르는 중에 몸을 푸들푸들 떨면서 오줌을 싸고 혀가 목구멍 속으로 말려 들어갔다.

두 눈은 금방이라도 튀어나올 것만 같고 벌렁거리는 코와 찢어질 듯이 벌린 입에서는 콧물과 침이 줄줄 흘렀다.

그러고는 그의 얼굴에 제발 죽여달라는 간절한 표정이 떠오르기 시작했다.

지금 그에게 죽음이란 고통을 끝내고 평안에 들 수 있는 유일한 도피처다.

도대체 얼마나 고통스러우면 죽기를 원한다는 말인가. 그것이 바로 분근착골이다.

태동화와 현수란, 정무웅, 삼엽은 민수림이 부호량에게 시전한 수법이 분근착골일 것이라고 짐작했다.

이들은 분근착골을 한 번도 볼 기회가 없었지만 거기에 당하면 이런 식의 고통으로 몸부림친다는 소문을 들은 적이 있기 때문이다.

"끄어어… 끄어어……."

부호량의 입이 찢어지고 혀가 목구멍 속으로 말려 들어가며 눈이 돌아가는 소리들이 합쳐져서 기괴하게 들렸다.

부호량은 육신이 갈가리 부러지고 분해되는 고통을 느끼고 있지만 현수란과 태동화 등 네 명은 그 광경을 지켜보면서 정신이 해체되는 고통에 빠져 있다.

반면에 진검룡은 민수림이 자신에게 가르치려던 수법이 바로 이런 지독한 것이라는 사실을 깨달았다.

투우······.

그때 민수림이 부호량에게 몇 줄기 지풍을 날렸다.

그 순간 지금껏 미친 듯이 부들부들 떨던 부호량의 모든 동작이 뚝 멈췄다.

뒤틀리던 근육과 뼈 부러지는 소리도 나지 않았다. 분근착골이 끝난 것이 아니라 잠시 멈춘 것이다.

"흐으으······."

뿐만 아니라 아혈이 풀려서 그는 귀신을 본 듯한 얼굴로 살떨리는 신음 소리를 흘렸다.

[물어보세요.]

민수림의 전음에 진검룡은 부호량을 굽어보면서 짐짓 차가운 목소리로 물었다.

"연검문 소문주와 십엽루 소루주를 납치하고 감금하라고 명령한 것이 너였느냐?"

"으으으······."

부호량은 대답하지 않고 공포에 질린 표정으로 눈동자를 이리저리 굴리며 당황했다.

[아무 말 하지 말고 저자의 오른쪽 귀밑 두 치 부위를 대라 벽산 발탄기공으로 눌러요.]

진검룡이 부호량에게 다시 한번 독촉하려고 할 때 민수림이 전음을 했다.

진검룡은 그곳을 누르면 다시 분근착골이 시작될 것이라고 짐작했다.

그는 이런 상황에서는 어떻게 하는 것인지를 조금씩 배워가고 있다.

그는 민수림의 말대로 대라벽산 발탄기공을 전개하기 위해서 검지를 아래로 뻗었다.

그런데 그걸 본 부호량이 발작할 것처럼 한껏 눈을 부릅뜨고 입을 크게 벌리면서 발작하려고 했다.

츳······.

그 순간 진검룡의 검지에서 푸른빛의 청영신기가 발탄기공 수법으로 발출되어 부호량의 오른쪽 귀밑 두 치 부위를 눌렀으며, 그와 동시에 민수림이 지풍을 쏘아내서 그자의 아혈을 제압했다.

다시 한 차례 부호량은 지옥 문턱을 넘나드는 처절한 고통 속에서 온몸을 떨며 차라리 죽여주기를 갈망했다.

진검룡과 민수림, 현수란, 태동화 등은 한 인간이 철저하게 그리고 속절없이 망가지고 또 무너져 가는 모습을 물끄러미 지켜보았다.

[조금 전 그 부위를 다시 누르면 분근착골이 일시적으로 멈출 거예요.]

민수림의 전음으로 진검룡은 지금 부호량이 당하고 있는 수법 즉, 분근착골을 잠시 멈추게 했다가 다시 진행하는 방법을 알게 되었다.

진검룡이 부호량의 오른쪽 귀밑 두 치 부위를 발탄기공으로 누르자 그와 동시에 민수림이 지풍을 날려서 그의 아혈을 풀어주었다.

"헉헉헉헉… 으으… 뭐든지 다 말하겠습니다… 제발… 다시는 고통을 주지 마십시오……."

입이 열리자마자 부호량은 거칠게 헐떡이면서 눈물과 콧물을 흘리며 애원했다.

"으흐흐흑… 제가 잘못했습니다… 용서하십시오… 더 이상 고통을 견딜 수가 없습니다… 흑흑흑……."

부호량은 마혈이 제압된 상태에서 온몸을 떨며 비통한 눈물을 흘렸다.

이때의 부호량은 항주 오대중방파 중 하나인 비응보의 보주 비광도 부호량이 아니라 그저 사냥꾼에게 쫓기는 가련한 한 마리 상처 입은 짐승일 뿐이다.

정작 육체적인 고통을 당한 사람은 부호량이지만 그와 비슷한 체감을 한 사람은 현수란과 태동화, 정무웅, 삼엽이다.

지금까지 일어난 일들을 묵묵히 지켜본 이들 네 사람의 온몸은 땀으로 흠뻑 젖어 있었다.

第二十一章

오룡방의 개입

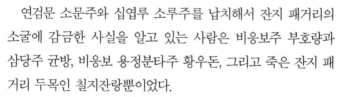

　연검문 소문주와 십엽루 소루주를 납치해서 잔지 패거리의 소굴에 감금한 사실을 알고 있는 사람은 비응보주 부호량과 삼당주 균방, 비응보 용정분타주 황우돈, 그리고 죽은 잔지 패거리 두목인 칠지잔랑뿐이었다.

　그런데 부호량은 자신의 집무실이 있는 비응전의 대전에 비응보 간부급들을 모아놓은 자리에서 자신이 저지른 죄에 대해서 낱낱이 모두 털어놓았다.

　물론 그렇게 되도록 만든 사람은 진검룡과 민수림이며 부호량은 여전히 제압된 상태였다.

　대전에는 비응보 여섯 개 당의 당주와 부당주, 각 당 네 명씩의 향주와 부향주, 각 향 다섯 명씩의 조장들이 열을 지어서 빽빽하게 서 있다.

그 자리에서 단상의 태사의에 힘없이 초췌한 모습으로 부호량이 앉아, 착잡한 표정을 지으며 자신이 삼당주 균방에게 연검문 소문주와 십엽루 소루주를 납치, 감금하라고 명령한 사실을 천천히 설명했다.

부호량의 설명을 듣고 대전에 질서 있게 도열해 있는 비응보 간부급들 중에서 놀라지 않는 사람이 한 명도 없다.

비응보는 항주의 오대중방파 중 하나로서 명문정파를 표방, 지향하고 있으므로 비응보에 속한 오백여 명은 모두 한결같이 자신들을 정파인이라고 자부한다.

실제로도 비응보는 항주를 비롯한 인근에서 정의로운 일을 많이 행한 방파로 이름을 떨치고 있다.

그런데 비응보주 부호량의 입에서 나온 고백은 대전에 모여 있는 간부급들을 경악시키기에 충분했다.

명문정파를 지향하는 비응보의 보주가 같은 항주오대중방파의 하나인 연검문의 소문주와 항주 최고부호인 십엽루주의 딸을 납치해서 감금했다는 것이다.

그것도 항주 성내에서 가장 추잡하고 비열한 짓거리만 일삼고 다니는 잔지 패거리에게 연검문 소문주와 십엽루 소루주를 맡겨서 감금시켰다는 것이다.

말하자면 비응보가 스스로 추락하여 잔지 패거리와 같은

하류 건달패거리가 됐다는 뜻이다.

부호량의 그리 길지 않은 설명이 끝나자 실내에는 깊은 심해처럼 자욱한 침묵이 깔렸다. 모두들 절망의 깊은 무저갱에 가라앉아 버린 것이다.

끝나지 않을 것 같은 한동안의 적막 후에 좌중의 누군가가 꽉 잠긴 목소리로 말문을 열었다.

"보주, 도대체 왜 그랬습니까?"

그것은 모두들 궁금하게 여기는 물음이다. 정파인 비응보가 어째서 그런 파렴치한 짓을 했는지 궁금했다.

부호량은 착잡한 표정을 지었다. 자신의 죄를 실토했지만 이유까지는 차마 말할 수가 없다. 그것을 말하면 더 큰 치부가 드러나기 때문이다.

[대답해라.]

그때 민수림의 목소리가 부호량의 고막을 잔잔히 흔들었다.

순간 부호량은 눈에 띄게 움찔했다.

그는 조금 전 몇 차례의 분근착골을 당하는 과정에서 민수림과 진검룡이 자신으로서는 절대로 올려다볼 수 없는 수준의 절정고수라는 사실을 절감했다.

그가 지금 자신이 저지른 죄에 대해서 실토를 하고 있는 것은 순전히 분근착골이 두렵기 때문이다.

조금 전 이곳 대전에 들어오기 전까지 그는 분근착골의 고통이 너무도 진저리쳐지도록 무서워서 두 번이나 자결을 시도

했었는데 그때마다 민수림에게 제지를 당해서 그 대가로 분근
착골을 당했다.

그 후로는 절대 자결하려고 들지 않았다. 자결하려고 해봤
자 또다시 제지당하고 나서 분근착골을 당할 것이기 때문이
다.

지금 부호량 뒤에는 진검룡과 민수림이 나란히 서 있으며,
두 사람 양쪽에는 현수란과 태동화, 정무웅, 삼엽이 일렬로 서
서 대전의 간부급들을 지켜보고 있다.

간부급들 중에서 연검문주인 태동화와 쌍비연 정무웅을
알아보지 못하는 사람은 아무도 없다. 그만큼 태동화와 정무
웅은 항주에서 유명한 인물이다.

그러나 십엽루주인 현수란과 그녀의 최측근 호위고수인 삼
엽은 항간에 전혀 알려지지 않았기 때문에 이곳의 간부급들
은 그녀들이 누군지 알아보지 못했다.

다만 부호량이 연검문 소문주와 십엽루 소루주를 납치, 감
금했었다고 실토하고 있는 이 자리에 연검문주 태동화가 지켜
보고 있는 것으로 미루어 어쩌면 현수란이 십엽루주가 아닐
까 추측하는 정도다.

그렇지만 부호량 바로 뒤에 서 있는 진검룡과 민수림이 누
군지는 짐작조차 하지 못했다.

민수림의 전음을 들은 부호량은 감히 반항하지 못하고 착
가라앉은 목소리로 말했다.

"연검문의 소문주와 십엽루의 소루주 목숨으로 그들을 협박하여 두 조직을 장악해서 내 휘하에 두려고 그랬다."

정말로 하기 싫고 해서는 안 될 말이지만, 시키는 대로 하지 않으면 또다시 분근착골의 처절한 고통을 당할 것이므로 부호량으로서는 어쩔 수가 없는 일이다.

그의 말을 들은 실내의 간부급들은 경악하는 표정을 짓더니 곧 여기저기에서 탄식을 터뜨렸다.

"아아… 보주. 어이해서……."

"맙소사… 비응보가 어쩌다가 이 지경이 되었는가."

명문정파를 지향하는 비응보의 보주가 저지른 잘못은 도저히 용납할 수 없을 지경이다.

참담한 표정을 짓고 있는 부호량의 귀에 민수림의 전음이 다시 들렸다.

[할 말이 더 있지 않느냐?]

부호량이 움찔해서 뒤돌아보려는데 민수림의 조용한 전음이 이어졌다.

[뒤돌아보지 마라. 너는 끝까지 그걸 누가 시켰는지 말하지 않을 속셈이냐?]

부호량의 얼굴에 복잡한 표정이 떠오르더니 곧 자포자기하는 표정으로 변했다.

그는 처연한 눈빛으로 대전의 간부급들을 둘러보고 나서 힘없는 목소리로 말했다.

"그 일을 명령한 사람은 오룡방주다."

실내에 조금 전보다 더 무거운 침묵이 꽤 오랫동안 흘렀다.

모두의 얼굴이 참담하게 일그러졌다가 잠시 후에 분노와 모멸감으로 물들었다.

진검룡과 민수림은 비웅보에서 나와 용림당이 있는 근처의 포구로 향했다.

현수란과 태동화는 자신들이 갈 길로 가지 않고 진검룡과 민수림을 따라갔다.

현수란과 태동화가 봤을 때 진검룡과 민수림은 조금 전에 비웅보의 일을 더 이상 완벽할 수 없을 만큼 깔끔하게 처리해 주었다.

비웅보의 간부급 수십 명이 대전에서 지켜보는 가운데 진검룡이 비웅보주 비광도 부호량의 무공을 폐지시켰다.

물론 민수림이 전음으로 진검룡에게 무공을 폐지시키는 방법을 가르쳐 주었다.

진검룡이 부호량을 어떻게 처리하겠느냐고 묻자 현수란과 태동화가 그의 무공을 폐지하는 것이 좋겠다는 쪽으로 의견을 모았기 때문이다.

그 정도 죄로 부호량을 죽이는 것은 지나친 면이 있으며 또한 수하들이 지켜보는 가운데 그를 죽이는 일이 협의도에서 벗어난다고 생각했기 때문이다.

진검룡이 부호량의 무공을 폐지하는 동안 비응보 간부급들 중에서 그것을 제지한 사람은 아무도 없었다. 그들이 부호량에게 느낀 배신감은 그 정도로 컸던 것이다.

그리고 앞으로 비응보의 거취 문제는 전적으로 비응보 간부급들에게 맡기기로 했다.

진검룡이나 현수란, 태동화가 비응보의 존폐까지 왈가왈부할 수 있는 것은 아니기 때문이다.

그렇지만 항주와 비응보에 대해서 잘 알고 있는 현수란과 태동화가 보기에 비응보가 선택할 수 있는 길은 세 가지 정도로 좁혀질 것 같다.

첫 번째는 비응보가 지금 이대로 존속하되 보주만 새로 선출하는 것이다.

그렇게 될 경우에 오룡방이 비응보주를 지목해서 세우느냐 아니면 비응보 자체 내에서 심사숙고하여 선출하느냐는 문제가 남게 된다.

두 번째는 이번 기회에 비응보가 아예 오룡방 휘하에 들어가서 종속되어 버리는 것이다.

말하자면 지금껏 비응보가 암암리에 오룡방의 꼭두각시 노릇을 했었는데 그러지 말고 차라리 오룡방의 여섯 번째 당이 돼버리는 것이다.

마지막 세 번째는 비응보의 해체다. 명문정파가 되지 못할 바에는 지저분한 이름으로 구차하게 명맥을 유지하느니 이쯤에서 방파를 해체하는 것도 괜찮은 방법이다.

어쨌든 비응보를 어떻게 할 것인지는 순전히 비응보에 남아 있는 사람들의 몫이다.

그리고 오룡방이 비응보에 어떤 물리적인 힘을 가할 것이냐 하는 것도 남아 있다.

진검룡과 민수림이 용림당에 타려는데 현수란과 태동화가 한사코 붙잡고 놔주지 않는다.

현수란은 진검룡과 민수림더러 십엽루에 가자는 것이고 태동화는 연검문에 가자는 것이다.

현수란과 태동화에게 있어서 진검룡과 민수림은 하늘 같은 은인이나 다름이 없다.

금쪽같은 자식을 구해주었을 뿐만 아니라 그 일을 말끔히 해결해 주었으니 대저 인간이 평생을 살면서 그런 은혜를 한 번이라도 경험할 수 있겠는가.

더구나 현수란과 태동화를 더욱 감격시키는 것은 진검룡과 민수림이 그런 커다란 은혜를 베풀고서도 거기에 대한 대가를 전혀 원하지 않는다는 사실이다.

아니, 그럴 뿐만 아니라 현수란과 태동화가 은혜를 갚겠다고 달라붙는 것을 외려 귀찮게 여기고 있으니 세상천지에 이런 사람이 어디에 있다는 말인가.

그리고 최종적으로 현수란과 태동화가 진검룡과 민수림을

놓치지 않으려고 하는 이유가 있으니 이 두 사람의 선남선녀가 너무나도 마음에 쏙 들기 때문이다.

도대체 이런 사람들은 천하 어디에 가더라도, 그리고 평생을 살아도 결코 만날 수가 없을 것 같아서 절대로 놓치고 싶지 않은 것이다.

"이렇게 합시다."

일각 동안 현수란과 태동화에게 붙잡혀서 포구를 떠나지 못한 진검룡이 중재를 했다.

"두 분의 초대를 한꺼번에 받아들이기 어려우니까 중간 지점에서 만납시다."

이깃은 민수림이 조언을 하지 않은, 순전히 진검룡 개인의 생각이다.

"중간 지점이라면 어디를 말하는 것이오?"

"용림당이오."

"용림당이 어디요?"

진검룡은 자신이 서 있는 나무다리 옆에 정박해 있는 근사한 배 용림당을 가리켰다.

"이 배 이름이 용림당이오."

"아……."

진검룡이 엷은 미소를 지으며 말했다.

"그렇지만 용림당에는 요리를 할 사람이 없으니까 두 분이 올 때 술과 요리를 갖고 오는 것이 좋겠소."

현수란이 민수림을 보면서 살짝 미소 지었다.

"소저께서 좋아하시는 작로주와 이상주 말고도 새로운 술을 갖고 갈게요."

자신이 좋아하는 맛있는 술 얘기가 나오니까 민수림이 방긋 미소 지었다.

"고마워요."

향주는 성내에 거미줄처럼 얽힌 수백 줄기 운하와 수로, 강과 하천, 그리고 주변에 여러 큰 강과 동해를 접하고 있으므로 항주에 거점을 둔 방파와 문파들은 적게는 여러 척에서 많게는 수십 척까지 크고 작은 배를 지니고 있다.

연검문은 이십여 척, 십엽루는 오십여 척의 배를 보유하고 있으며 그중에는 용림당보다 크고 화려한 배도 많다.

태동화는 크게 고개를 끄떡였다.

"그렇게 하리다. 용림당은 어디에 있을 것이오?"

진검룡은 현수란을 쳐다보았다.

"서호가 좋겠지요?"

현수란으로서는 십엽루가 있는 서호라면 자신의 앞마당이나 다름이 없다.

"고마워요, 대협."

진검룡은 서호 서쪽 갈대밭에 집이 있어서 그렇게 정했지만 현수란은 그가 자신을 위해서 그렇게 결정한 것이라고 오해해서 무척 기뻐했다.

이따 두 시진 후 십엽루 앞 서호상에서 만나기로 약속하고 현수란과 태동화 등이 돌아섰다.

아니, 그들 네 명은 포구에서 관도 쪽으로 몇 걸음 걸어가다가 멈춰야만 했다.

관도에서 포구로 이어진 긴 나무다리 위를 도검을 지닌 무사 수십 명이 가득 메운 채 용림당 쪽을 향해서 서서히 다가오고 있기 때문이다.

진검룡을 비롯한 현수란과 태동화 등은 그들을 보고 심상치 않음을 직감했다.

그들은 하나같이 짙푸른 진청색 경장을 입고 있으며 방파나 문파를 나타내는 어떠한 표식도 지니지 않았다.

그들은 모두 어깨에 도검을 메고 있는데 그들의 얼굴에서는 살기가 넘쳐흘렀다.

그들은 관도 쪽에서 계속 꾸역꾸역 몰려오는 터라서 정확한 수를 알 수가 없다.

관도 쪽으로 가려던 현수란과 삼엽, 태동화, 정무웅은 바짝 긴장하여 조금씩 뒷걸음질 치더니 결국 진검룡과 민수림이 있는 곳으로 밀려왔다.

태동화는 항주오대중방파 중 연검문의 수장이고 현수란도 그에 못지않은 실력자이지만 지금 상황에서는 긴장하지 않을 수가 없다.

태동화와 현수란이 보기에 점점 거리를 좁혀오고 있는 수십 명의 무리는 절대로 오합지졸이 아니다.

오히려 그보다는 일개 무사가 아닌 고수라고 불러야 마땅한 강력한 기도를 풍기고 있다.

*　　　　　*　　　　　*

태동화는 그들에게서 시선을 떼지 않으며 단단하게 굳은 표정으로 나직이 중얼거렸다.

"저놈들, 변복을 했지만 오룡방 정예고수들인 것 같소."

"그런 것 같아요."

"오룡방 복장을 하지 않아서 눈속임을 하려 들지만 내 눈을 속이지는 못하오."

"아까 비웅보에서 있었던 일이 벌써 오룡방에 들어갔다고 봐야겠죠. 이렇게 되면 부호량을 사주한 것이 오룡방주라는 사실을 놈들이 인정하는 것으로 봐야겠군요."

태동화는 돌처럼 굳은 표정을 지었다.

"그렇지만 이것은 좋지 않소."

"오룡방이 체면이고 법이고 다 무시한 채 아예 힘으로 밀어붙이는 것이라고 봐야겠죠?"

"그렇소."

태동화와 현수란의 안색이 동시에 어두워졌다. 이제는 오룡방이 전면에 나서서 최후의 방법인 힘으로 밀어붙이는 것이라고 확신하기 때문이다.

오룡방은 항주양대방파 중 하나이지만 명실상부한 항주제일방파라고 할 수 있다.

항주양대방파 중 또 하나의 문파인 금성문은 세속의 일에는 일절 상관하지 않고 자파의 무공 증진과 제자 양성에만 힘쓰기 때문에 있으나 마나 한 문파다.

그런 오룡방이 법이고 양심이고 체면 같은 것들을 다 무시한 채 힘으로 밀어붙이면 항주에서 아무도 그들을 당할 수가 없다. 항주에서는 오룡방이 곧 법이기 때문이다.

오룡방은 정파를 지향하고 있지만 이렇게 되면 정파고 나발이고 다 집어던지겠다는 뜻이다.

무리의 선두가 오 장까지 좁혀드는 것에 시선을 고정시킨 채 진검룡이 중얼거리듯이 물었다.

"저자들, 오룡방이오?"

"틀림없어요."

현수란이 용림당을 돌아보았다.

"일단 배를 타고 여길 피하는 게 좋겠어요."

태동화도 고개를 끄떡였다.

"그래야겠소."

그나마 이곳에 용림당이 정박해 있는 것이 천만다행이다. 용림당을 타고 도주하면 오룡방 고수들은 닭 쫓던 개 꼴이 될 터이다.

그들이 포구에 정박해 있는 여러 척의 배들을 징발하여 추격을 한다고 해도 늦을 것이다. 그러는 사이에 용림당은 시야에서 사라지고 없을 테니까 말이다.

운하나 수로라면 양쪽 가장자리 육로에서 추격하겠지만 다행이 여기는 강이다.

용림당을 타고 강 건너 쪽으로 가버린다면 놈들은 절대로 추격하지 못할 것이다.

태동화의 시선이 나무다리가 끝나는 곳 관도로 향했다. 거기 관도 양쪽에도 똑같은 진청색 경장고수 수십 명이 길게 늘어서 있는 광경이다.

아무리 적게 잡아도 모두 합쳐서 백 명은 될 듯했다. 이쪽은 진검룡과 민수림, 태동화, 정무웅, 현수란, 삼엽까지 합쳐서 고작 여섯 명뿐이다.

용림당에 강비가 타고 있지만 그런 삼류 실력으로는 이런 상황에 아무런 도움도 되지 못한다.

이것은 누가 보더라도 절대로 이길 수 없는, 아니, 살아남지 못할 싸움이다.

육 대 백 이상의 싸움이라니 그것은 보나 마나 여섯 명의 전멸로 끝날 것이다.

현수란이 사 장까지 가까워진 오룡방 고수들을 보면서 초조한 목소리로 서둘렀다.

"어서 배에 타요."

그러나 진검룡과 민수림은 꼼짝도 하지 않은 채 점점 다가오는 무리를 쳐다보고만 있다.

더구나 민수림은 태연한 얼굴로 팔짱을 끼고 있으며 진검룡은 입가에 묘한 미소를 머금었다.

현수란과 태동화, 정무웅, 삼엽은 두 사람을 보고는 흠칫 불길한 표정을 지었다.

네 사람이 지금 진검룡과 민수림의 표정을 보고 첫 번째로 떠올린 제일감은 이들이 지금 상황을 전혀 두려워하지 않는다는 것이다.

그리고 두 번째 느낌은 어쩌면 이 두 사람이 도망가지 않고 저들 무리와 싸울지도 모른다는 불길한 예감이다.

그리고 불행하게도 네 사람의 불길한 예감이 들어맞았다. 진검룡이 나무다리로 몰려오고 있는 무리를 향해서 혼자 성큼성큼 걸어가기 시작한 것이다.

"진 대협! 어딜 가시는 건가요?"

"진 소협……."

현수란과 태동화가 불렀지만 진검룡은 대답도 하지 않고 뒤돌아보지도 않았다.

싱긋 입가에 엷은 미소를 짓고 있는 그의 귓전으로 민수림의 전음이 울렸다.

[어디 한번 마음껏 싸워봐요.]

그런데 대체 몇 명인지도 모를 만큼 많은 적들을 향해서 다가가고 있는 진검룡은 이상하리만치 조금도 두려운 마음이 들지 않았다.

진검룡은 이런 일 대 백 이상의 싸움이라는 것을 당연히 해본 적이 없지만 본 적도, 들어본 적도 없었다.

처음에 그는 이들 무리가 몰려드는 것을 보고 도망칠 생각은 하지 않았지만 내가 과연 이들하고 싸울 수 있을까 하는 호기심 섞인 의문을 품기는 했었다.

그런 마음을 간파했는지 민수림이 조용한 목소리로 한마디 했는데, 그것이 싸워도 될까 하고 망설이는 진검룡의 투지에 불을 붙였다.

[검룡에겐 순정기가 있기 때문에 절대로 죽지 않아요.]

그렇지 않아도 원래 겁을 모르는 저돌적인 성격인 그에게 '절대로 죽지 않는다'라는 말은 호랑이에게 날개를 달아준 것이나 마찬가지다.

저벅저벅…….

파도처럼 몰려드는 오룡방 고수들을 향해 혼자서 똑바로 걸어가는 진검룡을 보고 현수란과 태동화 등은 경악을 넘어서 머릿속이 마구 혼란스러워졌다.

설마 진검룡이 오룡방 고수들하고 싸우려는 것은 절대로 아닐 거라고 생각했다.

그것은 말도 안 되는, 아니, 정신이 나갔거나 미쳐야지만 가능한 일이기 때문이다.

진검룡은 걸어가면서 백삼십오 년 공력을 극한으로 끌어올려 온몸에 골고루 주입시켰다.

그리고 다음 순간 그는 오룡방 고수들을 향해 저돌적으로 달려가며 악을 쓰듯 외쳤다.

타타타탓!

"이놈들아! 어기적거리지 말고 빨리 좀 와라!"

그는 지금부터 실제 적들을 상대로 대라벽산을 마음껏 펼칠 수 있다는 생각에 가슴이 한껏 부풀고 용기백배했다.

그것은 마치 나무꾼이 도끼질해서 쓰러뜨릴 나무가 잔뜩 있는 것을 보고 흥분하여 돌진하는 심정 같은 것이다.

오룡방 고수들은 자신들을 향해 단신으로 돌진해 오는 어떤 정신 나간 놈을 보면서 가소로운 표정을 지으며 일제히 어깨의 도검을 뽑았다.

차차차창!

'오오옷! 피가 뜨거워진다!'

도검 뽑는 요란한 소리를 듣는 순간 진검룡은 흥분 때문에 가슴이 뜨거워지고 목구멍이 간질거렸다.

그는 자신을 향해 쏟아지는 십여 자루 도검 속을 뚫고 들어가면서 대라벽산을 전개했다.

"푸핫핫핫핫! 옛다! 이거나 먹고 뒈져라!"

다음 순간 그의 두 주먹과 두 팔뚝, 그리고 두 발바닥과 두 발등, 두 발끝이 적들의 급소를 정확하게 가격하고 걷어차고 내지르고 짓밟았다.

퍼퍽! 뻐거걱! 콰콱! 투다닥!

"흐악!"

"크액!"

"캐액!"

"끄아악!"

진검룡은 적들의 공격을 피하지 않았다. 피하는 방법을 모르기도 하지만 그 대신 그들보다 더 빠르게 대라벽산을 전개했다.

적들의 도검이 몸 근처에 이르기도 전에 대라벽산 초식을 실은 주먹과 발길질이 눈부시도록 빠르게 부챗살처럼 뻗어나가는 것이므로 그걸 누가 막거나 피하겠는가.

진검룡이 최초에 적들 선두를 파고들면서 두 차례 대라벽산을 전개한 것으로 적 여덟 명이 얻어맞아서 허공으로 붕붕 날아갔으며, 그들은 바닥이나 강에 떨어지기도 전에 허공에 떠 있는 상태에서 숨이 끊어졌다.

그의 주먹이나 팔꿈치에 얻어맞거나 발에 차인 적들은 그 충격에 보통 이 장씩이나 날아갔다.

그래서 현수란과 태동화 등이 먼발치에서 보면 진검룡이 적진 한가운데로 파고들어 적들을 닥치는 대로 붙잡아서 짚단처럼 허공에 마구 집어 던지는 것처럼 보였다.

폭 일 장 정도의 그리 넓지 않은 나무다리 위로 몰려오던 적들 한복판으로 진검룡이 밀고 들어가면서 공격하자 적들은 양쪽으로 밀리다가 강으로 추락하는 자가 부지기수다.

"으어어… 떨어진다!"

"허엇! 미… 밀지 마라……!"

적들은 더 이상 전진하지 못할 뿐만 아니라 한가운데는 진검룡 한 사람에 의해서 지푸라기처럼 날아가고 양쪽에서는 밀린 자들이 강물로 떨어지기 바빴다.

진검룡은 굳이 대라벽산 칠, 팔초식 풍기술까지 사용할 필요가 없다.

손발을 뻗기만 하면 적들이 닿는 거리에 있으므로 맨손 맨주먹만으로 적들을 떡 치듯이 두들겨 팼다.

뻐뻐뻐뻑! 콰콰콱!

"아흑!"

"캐액!"

진검룡의 주먹과 발길질은 한 치의 어긋남도 없이 적들의 급소를 파고들었다.

대라벽산을 배울 때 민수림의 가르침이 엄했던 덕분에 그의 초식 전개는 추호의 흐트러짐이 없다.

적들의 우두머리 즉, 오룡방 맹룡당 당주 오장보(吳長寶)는 지금 자신의 수하들을 추풍낙엽처럼 때려눕히고 있는 인물이 전광신수라고 판단했다.

아까 오룡방은 비응보에 대한 급한 보고를 받았다.

비응보주 부호량이 자신의 과오를 줄줄이 실토하고 나서 무공이 폐지당하는 자리에 있던 간부급들 중에 여러 명이 그동안 오룡방의 첩자 노릇을 하고 있었는데, 오늘 있었던 일을 앞다투어 오룡방에 보고한 것이다.

오룡방에서는 보고 내용을 면밀하게 분석한 결과 부호량의 무공을 폐지한 인물이 전광신수일 것이라고 판단했다.

요즘 전광신수는 항주에서 가장 뜨거운 관심과 소문의 중심에 서 있는 인물인 동시에 비응보를 안중에도 두고 있지 않기 때문이다.

그래서 오룡방주가 맹룡당 고수 전원을 보내 전광신수를 제압해서 끌고 오거나 죽이라고 명령했던 것이다.

물론 전광신수와 같이 있는 현수란이나 태동화를 죽이라고 명령한 것은 두말할 필요도 없다.

그런데 맹룡당주 오장보가 막상 전광신수를 마주치고 보니까 소문보다 훨씬 더 고강한 것 같았다.

그래서 이대로 있다가는 오래지 않아서 맹룡당이 전멸할지도 모른다는 걱정이 앞섰다.

그는 맹룡당주를 맡은 이후 맹룡당이 전멸할 것이라는 걱정은 한 번도 해본 적이 없었다.

오장보는 전광신수가 이제 겨우 사초식을 전개했는데도 불구하고 이미 이십오륙 명의 수하들이 허공으로 날아갔다가 떨어져서는 일어나지 못하거나 강에 빠져서 허우적거리는 광경을 보고는 마음이 급해지고 극도로 긴장했다.

하지만 그는 겁이라고는 모르는 용맹한 인물이다. 그는 자신이 직접 전광신수에게 가까이 다가가면서 수하들에게 쩌렁하게 외쳤다.

"한 발자국도 물러서지 말고 포위망을 구축해라! 일진 다섯 명! 이진 여덟 명, 삼진 열두 명으로 세 겹의 도검진을 만들어서 맹공을 퍼부어라!"

맹룡당은 평소에 이런 훈련을 게을리하지 않았기 때문에 오장보의 명령이 떨어지자마자 도검수들이 일사불란하게 썰물처럼 좌악 뒤로 물러났다가 재차 덮쳐들면서 세 겹의 포위망을 만들어 세차게 공격을 퍼붓기 시작했다.

쐐애액! 패애액!

일, 이, 삼진의 이십여 자루 도검이 진검룡의 온몸을 찌르고 벨 듯이 날카로운 검풍을 일으키며 쏘아가는데 도검이 일으키는 파공음이 허공을 갈가리 찢었다.

진검룡은 방금 오장보의 외침을 들었으며 적들의 도검이 온몸으로 날카롭게 파고들자 적들의 공격이 조금 전하고는 크게 달라졌음을 깨달았다.

'그렇다면 이번에는 회린산수(廻麟散手)다!'

그는 상체를 뒤로 젖히면서 쓰러질 듯한 자세를 취하며 두 팔을 가느다란 버드나무가 강풍에 흩날리듯이 휘저었다.

스파아아아!

다음 순간, 그의 두 손이 뒤쪽과 좌우에 있는 적 네 명의 허리를 쓰다듬듯이 스쳤다.

뿌드득… 뚜닥탁…….

"크억!"

"허윽!"

진검룡의 손이 스치기만 했는데도 적 네 명의 허리가 비틀어져서 내장이 끊어지고 뼈가 부러졌다.

이것이 바로 대라벽산 오초식 금나수법, 비틀어서 훑기 회린산수의 무서움이다.

第二十二章

오룡방으로

그는 두 발을 바닥에 붙이고 상체를 뒤로 눕힌 상태에서 한 바퀴 회전을 하며 회린산수 수법으로 다시 다섯 명의 허리를 끊고 부러뜨렸다.

쫘드득… 뿌가각…….

"끄악!"

"와악!"

진검룡은 가장 가까운 곳의 아홉 명을 거꾸러뜨리고는 퉁기듯 상체를 일으켜 오른쪽의 적들을 향해 몸을 날리며 계속해서 금나수법을 전개했다.

그는 자신의 몸을 돌보지 않고 대라벽산으로 공격하는 일에만 전력을 다했다.

위험한 순간에는 순정기가 그를 보호해 줄 것이라는 민수림의 말을 믿기 때문이다.

굳이 민수림의 말이 아니더라도 그는 위기의 순간에 몸에서 순정기가 발출되어 자신을 구해준 놀라운 능력을 여러 번 경험한 바 있었다.

그런데 그 순간, 전진하면서 권법을 전개하려던 그가 바닥에 쓰러져 죽어 있는 적의 몸에 어이없게 발이 걸려서 앞으로 고꾸라지는 일이 벌어졌다.

턱!

"헛?"

보법과 경공술을 펼칠 줄 모르기 때문에 벌어진 어이없는 촌극이다.

그 순간 기다렸다는 듯이 그의 몸으로 십여 자루 도검들이 소나기처럼 퍼부어졌다.

쏴아아앗!

쿵!

한쪽 무릎과 두 손으로 바닥을 짚은 그는 당황한 나머지 위기의 순간에는 자신의 몸에서 순정기가 발출된다는 사실마저 까맣게 잊어버리고는 '내가 결국 이런 식으로 죽는다' 하는 생각만 머릿속 가득 떠올랐다.

츠으읏!

순간 그의 몸에서 반투명한 광채가 활짝 펼친 부채처럼 사방으로 뿜어졌다.

파아아!

그 광채 즉, 순정기는 진검룡을 공격하던 제일선 열두 명의 미간을 정확하게 관통했다.

"아……."

"음……."

아무도 비명을 지르지 않았다. 고통을 전혀 느끼지 못했으며 단지 어떤 서늘한 기운이 머리를 스치는 듯한 느낌만 받았을 뿐이다.

진검룡은 자신의 몸에서 순정기가 발출된 것을 느끼고서야 마음이 놓였다.

'아! 그렇지. 순정기가 있었어…….'

그런데 전혀 예상하지 못했던 뜻밖의 상황이 벌어졌다. 순정기가 제일선의 공격자 열두 명의 미간을 관통했지만 그들이 휘둘러 오는 도검까지 멈추게 하지는 못했다.

모든 행동의 법칙에는 관성(慣性)이라는 것이 있다. 어떤 움직임이 일단 시작되면 그것을 강제로 멈추게 하지 않는 한 움직임이 지속되는 것이다.

그러니까 순정기가 적 제일선 열두 명의 미간을 관통했더라도 그들이 휘두른 도검들은 관성에 의해서 계속 진검룡의 몸을 향해 찌르고 베어온다는 뜻이다.

그는 무릎을 꿇고 두 손바닥으로 바닥을 짚은 자세에서 위를 쳐다보다가 자신을 향해 쏟아져 내리는 열두 자루 도검을 발견하고 안색이 해쓱해졌다.

극히 짧은 찰나지간이지만 그는 지금 자신이 어떤 상황에 처했는지 알아차렸다.

위기의 순간에 순정기가 발출되어 위기를 만든 적들을 죽이기는 했지만 죽어가는 적들이 이미 만들어놓은 관성까지 막아주진 못했다.

다음 순간 열두 자루 도검이 쏟아져서 진검룡의 몸을 한꺼번에 찌르고 베었다.

그는 이번에야말로 자신이 죽을 것이라고 생각했다.

'이런 젠장……'

쩌쩌쩡! 까깡!

그가 속으로 욕설을 퍼부을 때 강한 쇳소리가 터지는 것과 동시에 그의 몸에 은은한 진동이 느껴졌다.

'윽……'

약한 진동에 그는 속으로 나직한 신음을 삼켰다. 그러면서 그는 지금 이것이 도검에 찔리고 베인 느낌 같지는 않다는 생각이 들었다.

그런데 얼굴을 돌린 그가 지켜보고 있는 가운데 열두 자루 도검들이 모조리 조각조각 부러져서 사방으로 뿌려지고 있으며 그것은 물고기 비늘처럼 반짝거렸다.

파파아앗!

"흐악!"

"크아악!"

사방으로 소나기처럼 뿌려진 도검의 조각들이 적들의 몸을 여지없이 뚫었으며 거기에 맞은 적들이 허공으로 가랑잎처럼 날려갔다.

진검룡은 엉거주춤 일어나면서 어리둥절한 표정을 지었다.

'칼들이 분명히 내 몸을 찌르고 베었는데 도대체 어떻게 해서 모조리 퉁겨졌다는 말인가…….'

그는 열두 자루 도검들이 자신의 몸에 닿는 순간 마치 철벽에 부딪친 것처럼 모조리 퉁겨지면서 조각나는 광경을 분명히 보았다.

그렇지만 어떻게 된 영문인지 알 수가 없다.

놀라는 사람은 그만이 아니다. 지금까지의 광경을 하나도 놓치지 않고 지켜보고 있는 민수림도 적잖이 놀라고 있었다.

'설마 검룡이 금강불괴(金剛不壞)가 됐다는 말인가?'

절대로 그녀의 눈이 잘못됐을 리가 없다. 순정기가 놓쳐 버린 열두 자루 도검들이 진검룡의 온몸을 무차별로 찌르고 벤 것이 분명하다.

그런데 도검들이 그의 몸에 닿는 순간 모조리 조각조각 부서져 버린 것이다.

'도대체 어떤 원리로 인해서 금강불괴가 된 것인가?'

어떤 원리로 진검룡의 몸이 금강불괴가 되었는지는 모르지만 지정극한수와 만천극렬수 덕분인 것은 분명하다.

순정기와 순정강이 그랬던 것처럼 진검룡에게 어떤 변화가 일어난다면 당연히 지정극한수와 만천극렬수 때문이다.

"아아……."

"어떻게 저런 일이……."

태동화와 현수란 등은 방금 그 광경을 보고 꿈을 꾸는 듯한 표정을 지었다.

저만치 나무다리 위에는 진검룡이 우뚝 서 있고, 주변에는 시체 수십 구가 어지럽게 널브러져 있으며, 오룡방 맹룡당 고수들은 공격할 엄두를 내지 못하고 진검룡에게 삼사 장 떨어진 거리에서 혼비백산한 표정을 짓고 있다.

현재로서 오룡방 맹룡당 고수 육십여 명이 죽고 십여 명이 강에 추락하여 허우적거리고 있으며 나무다리에는 오장보를 비롯하여 삼십여 명만이 남아 있다.

적들보다 먼저 정신을 수습한 진검룡이 멀찌감치 주춤거리고 있는 적들을 향해 저돌적으로 달려가면서 악을 썼다.

"이놈들아! 싸우지 않을 거냐?"

진검룡이 맹수처럼 덮쳐오자 맹룡당 고수들은 깜짝 놀라서 길 쪽으로 우르르 도망쳤다.

그들은 불과 다섯 호흡 만에 일어난 일들을 두 눈으로 똑똑히 목격했다.

전광신수가 초식을 전개하자 아무도 피하거나 막지 못하고 급소를 적중당해서 지푸라기처럼 날아갔다.

뿐만 아니라 전광신수의 몸에서 뿜어진 흐릿한 광채가 한꺼번에 열두 명의 미간을 적중시켜서 즉사시켰다.

그런가 하면 전광신수는 아예 도검으로 몸을 찌를 수도, 자를 수도 없는 도검불침 금강불괴지체였다.

그뿐인가. 조금 전에는 그의 몸을 찌르고 벤 도검들이 모조리 조각조각 부러져서 튕겨지며 또다시 십여 명을 고슴도치로 만들었다.

맹룡당 고수들은 장님이 아니기에 그 엄청난 광경들을 두 눈으로 똑똑히 봤다.

또한 그들은 바보 멍청이가 아니라서 전광신수에게 덤비는 일이 얼마나 정신 나간 짓인지 알게 되었다.

그러니 이들이 지금에 와서 선택할 수 있는 길이 도망치는 것 말고 뭐가 있겠는가.

더구나 맹룡당주 오장보마저 목에 핏대를 세우고 바락바락 악을 썼다.

"싸우지 말고 모두 도주하라!"

오장보는 전광신수를 제압하거나 죽이라는 오룡방주의 명령을 고수하기 위해 계란으로 바위 치기 같은 싸움을 계속해서 수하들을 다 죽일 만큼 아둔패기가 아니다.

당주의 명령이 떨어지자 맹룡당 고수들은 더욱 전력을 다해서 도망치기 시작했다.

그들은 일제히 경공을 전개하여 허공으로 몸을 날리거나 죽을힘을 다해 나무다리 위를 도망치면서 뒤를 한 번도 돌아보지 않았다.

그걸 보고 진검룡은 호탕하게 웃으며 뒤쫓았다.

"으핫핫핫! 이놈들아! 그런다고 내 손에서 벗어날 수 있을 것 같으냐?"

그는 지금이야말로 대라벽산 칠초식과 팔초식 풍기술을 전개하여 멀리에서 도주하는 적들을 죽일 때라고 생각하면서 공력을 극한으로 끌어올렸다.

맹룡당 고수들이 도망치고 있지만 진검룡이 대라벽산 권법이자 장법을 풍기술로 발출하면 십여 명은 더 죽일 수가 있을 것이다.

[그만해요.]

그런데 그때 민수림의 조용한 목소리가 전음으로 들려와서 진검룡이 의아한 표정으로 그녀를 쳐다보았다.

[싸움을 포기하고 도망치는 적은 죽이지 않는 것이 무림의 정도(正道)예요.]

'무림의 정도……'

진검룡은 '정도'라는 말을 처음 들어보았다. 그가 지금껏 살아온 세계에는 그런 말이 없었다. 하지만 그것이 무엇을 의미하는지 알 수 있을 것 같았다.

그가 아는 상식으로는 일단 싸우면 끝장을 봐야만 하고 누가 이기고 누가 졌는지를 분명하게 판가름 내야만 한다.

그래야지만 누가 이득을 보고 누가 손해를 보는 것인지 정확하게 가를 수 있기 때문이다.

진검룡이 살아온 세계에서는 언제나 이득 때문에 죽기 살기로 싸웠었다.

그런데 저잣거리에서 대부분의 이득이라는 것은 기껏해야 돈 몇 푼에 불과했다.

은자로 치면 백 냥도 되지 않는 것을 두고 머리 터지게 물고 뜯는 것이다.

그는 죽을힘을 다해서 도망치는 맹룡당 고수들을 물끄러미 바라보다가 고개를 끄떡였다.

'그래. 싸우지 않겠다고 도망치는 자들을 죽이는 것은 비겁하고 잔인한 것 같다. 내가 저들을 쫓아가서 죽인다고 해서 이득이 생기는 것이 아니잖은가.'

그는 또 한 가지 좋은 규칙을 배웠다. 하지만 무림에서 절대다수의 사람들이 그 규칙을 지키지 않는다는 사실까지는 알지 못했다.

대다수의 무림인들은 정파든 사파, 마도, 녹림을 떠나서 도망치는 적을 살려주는 아량이 부족하다.

현수란과 태동화는 진검룡이 불과 열 호흡 만에 펼친 어마어마한 신력(神力) 때문에 턱이 떨어질 정도로 놀랐는데 마지막에 그가 도망치는 적들을 죽이지 않고 놓아주는 자비심마저 보이자 몸과 마음으로 그에게 승복하고 말았다.

진검룡은 도망치는 오장보와 맹룡당 고수들을 향해 우렁차게 소리쳤다.

"이놈들아! 도망치더라도 네놈들 동료들은 데리고 가야 할 것이 아니냐!"

나무다리를 벗어나서 관도에 올라선 오장보와 맹룡당 고수들이 멈춰서 뒤돌아보았다.

진검룡은 외치고 나서 더 이상 그들에게 관심이 없다는 듯 몸을 돌려 용림당 앞에 모여 있는 일행을 향해 걸어갔다.

현수란과 태동화 등은 원래 진검룡을 좋아했었지만 조금 전 그가 펼친 어마어마한 활약을 보고 나서는 깊은 존경심마저 샘솟았다.

진검룡은 자신을 보고 있는 민수림에게 용림당을 가리키며 미소 지었다.

"탑시다."

민수림은 보일 듯 말 듯 희미한 미소를 지었다.

"잘했어요."

싸움을 잘했다기보다는 도망치는 적들을 죽이지 않고 살려준 것에 대한 칭찬이다.

태동화가 진검룡에게 포권을 해 보이면서 격동에 찬 표정으로 외치듯 말했다.

"대협의 신기가 내 눈에 씌워져 있던 우매함을 벗겨주었소! 내 어줍지 않은 무공은 무공도 아니었소! 진심으로 탄복했소이다! 존경하오!"

그는 조금 전까지만 해도 진검룡을 '소협'이라고 호칭했었는데 이제는 '대협'으로 바뀌었다.

현수란은 태동화가 진검룡을 '소협'에서 '대협'으로 바꿔서 부르는 이유를 알 것 같다는 미소를 지었다.

사실 현수란은 태동화가 진검룡을 처음 보는 자리에서 그를 '소협'이라고 호칭하는 것이 조금 못마땅했었는데 이제야 제자리를 찾은 것 같아서 마음이 풀렸다.

현수란이 보기에 진검룡은 비록 나이가 어리지만 대협으로서 부족함이 없는 청년이다.

진검룡은 나무다리 끝 쪽에 모여 있는 오장보와 맹룡당 고수들을 쳐다보고는 태동화와 현수란 등에게 말했다.

"타시오. 적당한 곳에 내려주겠소."

진검룡과 민수림이 이대로 용림당을 타고 떠난다면 오장보와 맹룡당 고수들이 태동화와 현수란 등을 내버려 두지 않을 것이기 때문이다.

진검룡을 비롯한 모두가 탄 용림당이 포구를 출발하자 그제야 오장보와 맹룡당 고수들이 나무다리로 돌아와서 죽은 동료의 시체들을 수습하고 강에 빠진 동료들을 구해주었다.

오장보는 점점 멀어지는 용림당을 응시하면서 복잡한 표정을 지었다.

＊　　　　＊　　　　＊

항주 남쪽 전당강 강변에 위치한 오룡방은 여러 면에서 요충지에 자리를 잡고 있다.

오룡방 왼편에서 흘러온 장항천(長沆川)이 오룡방 오른편에서 흐르는 전당강하고 합쳐진다.

항주 성내에는 수많은 물줄기들이 있지만 전당강으로 이어지는 물줄기는 단 하나 장항천뿐이다. 성내의 수많은 물줄기들이 장항천으로 합쳐지기 때문이다.

또한 항주에서 전당강 쪽으로 뻗어 있는 관도와 포구가 오룡방 코앞에 위치해 있다.

다시 말해 항주에서 배나 육로를 통해서 전당강 방면으로 이동하려면 반드시 오룡방 앞을 지나야만 한다는 뜻이다.

오룡방은 비응보하고는 규모나 세력 같은 것들이 근본적으로 다르다.

비응보를 참새에 비유한다면 오룡방은 황새라고 할 수 있다. 비응보가 오룡방의 일개 당 정도라면 이해가 빠를 것이다.

그 오룡방에 진검룡과 민수림이 찾아왔다.

오는 길에 현수란과 태동화 일행을 따로 내려주었고, 강비는 개방 항주분타로 돌아갔으며, 독보가 멀지 않은 곳에 정박해 있는 용림당에서 기다리고 있다.

오룡방의 거대한 전문은 언제나 그렇듯이 활짝 열려 있으며 전문 양쪽에 무기를 지닌 이십 명의 호문무사들이 당당한 모습으로 지키고 서 있다.

꽤 많은 여러 종류의 사람이 전문을 통해서 출입하고 있으며 진검룡과 민수림은 그들에 섞여서 전문으로 걸어갔다.

전문 양쪽에 열 명씩 서 있는 호문무사들은 출입하는 사람들을 일일이 단속하지는 않았다.

대다수의 사람들이 오룡방에 자주 출입하는 탓에 안면이 있었기 때문인 것 같았다.

그렇지만 전문을 지키는 호문무사들과 안면이 전혀 없는 진검룡과 민수림을 그들이 내버려 둘 리가 없다.

"어이! 거기 두 사람, 이리 오시오!"

진검룡과 민수림이 전문 한가운데로 걸어가는데 오른쪽의 호문무사들 중 한 명이 소리치면서 가까이 다가오라는 손짓을 해 보였다.

그러나 진검룡과 민수림은 무사를 쳐다보지도 않고 무시한 채 계속 걸어갔다.

무사가 발끈해서 진검룡과 민수림에게 큰 걸음으로 다가가며 외쳤다.

"이봐! 오라는 말 안 들려?"

그런데 그때 관도 쪽에서 한 무리의 사람들이 전문으로 몰려들며 큰 소리로 소리쳤다.

"비켜라! 물러나라!"

그들의 선두에서 오룡방 맹룡당주인 오장보가 달려오고 있으며 뒤에는 맹룡당 고수들이 동료의 시체들을 둘러멘 채 따르고 있는 광경이 보였다.

동료들의 시체를 수습한 그들은 용림당을 타고 편안하게 온 진검룡과 민수림보다 늦게 오룡방에 도착했다.

호문무사들이 관도 쪽을 보다가 소스라치게 놀라서 전문을 출입하는 사람들을 좌우로 밀어붙이며 길을 텄다.

그러나 진검룡과 민수림은 그 자리에서 꿈쩍도 하지 않고 선 채 뒤돌아보았다.

호문무사들이 두 사람에게 달려들며 호통을 쳤다.

"너희들, 당장 물러서지 못하겠느냐?"

"이놈들아! 다리를 분질러야 정신을 차리겠느냐?"

그런데 선두에서 전문으로 달려오던 오장보가 진검룡을 발견하고 크게 놀라며 급히 멈추었다.

"앗!"

오장보를 뒤따르던 고수들도 한발 늦게 진검룡을 발견하고는 소스라치게 놀라며 급히 멈춰 섰다.

"우왓! 전광신수다!"

"으아앗! 전광신수 살신(殺神)이다!"

진검룡과 민수림에게 다가가던 호문무사들이 멈칫 걸음을 멈추고 오장보와 맹룡당 고수들을 쳐다보았다.

그때 진검룡이 오장보를 가리키며 말했다.

"오장보, 너는 얼른 튀어 들어가서 오룡방주에게 내가 왔다고 전해라."

오장보는 진검룡의 눈치를 보면서 머뭇거렸다.

쿵!

"당장 뛰어가지 않고 뭘 꾸물거리느냐!"

진검룡이 발을 구르며 호통을 치자 오장보가 화들짝 놀라더니 주춤거리며 다가왔다.

진검룡이 자신의 옆을 가리켰다.

"죽이지 않을 테니까 지나가라."

오장보는 다가오면서 호문무사들에게 물러가라는 듯이 눈을 부라렸다.

호문무사들은 영문을 모른 채 주춤거리면서 물러나다가 조금 전에 맹룡당 고수들이 진검룡을 보고 발작적으로 전광신수라고 외친 것을 기억해 내고는 얼굴이 하얘졌다.

'저… 전광신수라고?'

'으흐흐… 조금 전에 내가 무슨 짓을 한 거지?'

오장보는 진검룡에게서 한시도 시선을 떼지 않고서 걸어가다가 전문을 통과하고 나서야 냅다 경공을 전개하여 안으로 쏘아갔다.

진검룡은 민수림에게 안쪽을 가리켰다.

"들어갑시다."

두 사람은 어깨를 나란히 하고 전문 안으로 걸어 들어갔다.

호문무사들은 더 이상 두 사람을 제지하지 못했으며 전문 밖에는 맹룡당 고수들이 시체를 둘러멘 채 두 사람의 뒷모습을 바라보기만 했다.

오룡방에 오자고 한 사람은 진검룡이다. 그는 오룡방주를 직접 대면해서 왜 자신을 죽이려고 했는지 따지고 여차하면 그를 죽일 생각이다.

진검룡의 그런 생각에 대해서 민수림은 찬성했다. 그러면서 그녀는 발본색원(拔本塞源)이라는 것을 가르쳐 주었으며 그것이 좋지 않은 일의 근본 원인을 찾아내서 뿌리째 뽑는 것이라고 알려주었다.

진검룡은 항주제일방파인 오룡방에 직접 쳐들어가고 또 항주 제일인자인 오룡방주를 상대하는 것에 대해서 조금 두려운 마음이 있었다.

그렇지만 옆에 민수림이 있기에 큰 힘이 되었다. 그가 아는 한 민수림이야말로 무림제일인이다. 무림제일인과 같이 있는데 무엇이 무섭겠는가.

하지만 진검룡은 오룡방의 크고 으리으리한 전각군 속으로 깊숙이 들어갈수록 점점 더 긴장했다.

오룡방 전문 밖에 도착했을 때까지만 해도 긴장감 같은 것을 느끼지 못했는데 지금은 긴장감 때문에 자신이 어떻게 걸어가고 있는지도 느끼지 못할 정도다.

그때 민수림이 진검룡을 쳐다보았다. 그녀가 봤을 때 진검룡은 얼굴이 단단하게 굳어 있고 어깨에 잔뜩 힘이 들어가 있어서 긴장하고 있는 것이 역력했다.

민수림은 가만히 손을 뻗어서 진검룡의 손을 부드럽게 잡아주었다.

"……!"

진검룡이 움찔 놀라서 쳐다보자 그녀는 부드러운 미소를 지으며 전음을 보냈다.

[내가 보기에 검룡이 오룡방주보다 더 고강할 거 같아요. 그러니까 염려하지 말아요.]

진검룡의 심장이 심하게 두근거리고 얼굴이 붉어졌다.

그는 동천목산 깊은 곳에서 민수림과 함께 행동하고 때론 둘이 꼭 붙어서 자기도 하는 등 속세에서는 꿈도 꾸지 못할 일들을 했었다.

그랬는데 지금 그녀가 손을 잡아주었다고 해서 정신이 혼미해지고 몸이 오두방정을 떠는 이유를 도통 모르겠다.

[오룡방주가 검룡보다 나은 점은 경험이 풍부한 능구렁이라는 사실일 거예요. 그러니까 검룡은 일단 싸움이 시작되면 그 자에게 근접하지 말고 대라벽산 풍기술이나 순정강으로 그를 제압하도록 하세요.]

"……"

진검룡이 아무런 반응이 없어서 그녀가 쳐다보니까 진검룡은 바보처럼 몽롱한 표정을 짓고 있다.

[왜 그래요?]

"좋아서 그럽니다."

[뭐가 좋은데요?]

정신이 반쯤 나간 진검룡은 헤벌쭉 웃으면서 잡고 있는 민수림의 손을 번쩍 들어 올렸다.

그랬더니 그녀가 깜짝 놀라서 손을 빼고는 빠른 걸음으로 앞서 걸어갔다.

하지만 진검룡은 손을 빼기 전에 그녀의 얼굴이 붉게 상기되었던 것을 놓치지 않고 보았다.

그는 빙그레 미소 지었다.

'헤헷! 수림이 부끄러워하다니.'

그는 앞서 걸어가는 민수림의 뒷모습을 보면서 너무 기분이 좋아 몸을 배배 꼬았다.

'수림이 날 좋아하는 게 분명해……! 우헤헤!'

오장보가 오룡방주에게 보고를 했을 텐데 진검룡과 민수림이 오룡방 안으로 깊숙이 걸어 들어가는 동안에도 별다른 변화는 일어나지 않았다.

그런데 두 사람이 전각과 전각 사이의 매우 넓은 광장을 지나고 있을 때 맞은편에서 한 사내가 날렵한 경공을 전개하면서 마주 쏘아왔다.

그자는 황의 경장에 체격이 매우 건장한 삼십 대 중반의 나이며 어깨에 한 자루 검을 멨는데 코 밑과 입 주위에 고슴도치처럼 짧은 수염을 기른 용맹한 용모다.

그는 진검룡과 민수림 이 장 앞에 멈췄다가 정중히 포권을 하며 말했다.

"두 분은 무슨 목적으로 본 방에 왔소?"

진검룡은 어깨를 펴고 당당하게 대답했다.

"오룡방주를 만나러 왔소."

"무슨 일이오?"

진검룡이 슬쩍 인상을 썼다.

"오룡방주가 나를 죽이라고 오장보와 맹룡당을 보낸 것을 알았는데 내가 가만히 있어야 한다는 말이오? 오룡방주에게 따지러 왔소."

황의 경장 사내가 진중한 표정으로 앞쪽을 가리켰다.

"이쪽으로 나를 따라오시오. 방주께 안내하겠소."

진검룡은 자신들이 오룡방에 들어가면 수백 명의 고수와 무사들이 떼거리로 총공격을 해올 수도 있을 것이라고 예상했는데 이렇게 나오는 것은 다소 예상 밖이다.

이것은 오룡방주가 예절을 갖춰서 진검룡, 아니, 전광신수를 만나겠다는 뜻일 수도 있다.

진검룡은 따라가기 전에 그에게 물었다.

"당신은 누구요?"

황의 경장 사내가 정중하지만 당당하게 대답했다.

"오룡방 총당주 추형단(秋亨旦)이라고 하오."

총당주라면 오룡방 내에서 서열 이 위 아니면 삼 위일 테니까 그가 진검룡과 민수림을 직접 안내하러 나왔다면 최상의 예우라고 할 수 있다.

오룡방 총당주 추형단이 진검룡과 민수림을 안내한 곳은 오룡방 깊숙한 곳 인공 호수 한가운데에 있는 삼 층 누각이다.

호숫가에서 누각까지는 다리로 연결되었으며 거리는 삼십오 장 정도다.

누각까지 직선 거리로는 이십여 장인데 다리가 여러 번 구불구불 굽었기 때문이다.

아담한 크기의 호수 주변은 전각과 숲으로 둘러싸였으며 사람의 모습은 보이지 않았다.

추형단이 앞서 다리에 오르자 진검룡과 민수림은 망설이지 않고 그의 뒤를 따랐다.

[호수 주위에 매복이 많아요. 공력을 끌어올려서 청력을 최대한 돋우어봐요.]

그때 민수림의 전음이 들려서 진검룡은 걸어가며 즉시 공력을 끌어올려 청력을 극대화시켰다.

쏴아아아!

그랬더니 갑자기 양쪽 귀로 세찬 강풍이 불어닥치는 것 같아서 화들짝 놀랐다.

그랬는데 잠시 후에 잠잠해지고 나서 여러 종류의 소리들이 들리기 시작했다.

그는 그 속에서 사람의 기척을 골라내려고 애썼으며 오래지 않아서 여러 사람의 숨소리와 침 삼키는 소리, 작게 코를 훌쩍거리는 소리, 입을 쩝쩝거리는 소리들을 감지할 수 있게 되었다.

'도대체 몇 명이나 되는 거지?'

여러 명이라는 것은 알겠는데 몇 명이나 되는지 정확하게 셀 수가 없다.

어쨌든 오룡방주가 예의로써 진검룡과 민수림을 맞이하지는 않았다는 것이 분명해졌다.

오룡방주는 인공 호수 한가운데에 매복을 심고 진검룡과 민수림을 습격하려는 것이 분명하다.

그런데 이 장 앞에서 안내하고 있는 총당주의 걸음이 점점 빨라지더니 급기야 경공을 전개하여 달렸다.

진검룡과 민수림이 다리의 중간에 이르렀을 때 총당주는 누각 안으로 들어가 버렸다.

[조심해요. 공격이 있을 것 같아요.]

민수림은 두리번거리지 않고 누각을 주시하며 전음을 보냈다.

그런데 그때 갑자기 다리가 심하게 들썩거리면서 이상한 음향이 났다.

드그극…….

진검룡은 의아한 표정으로 자신이 딛고 있는 다리를 내려다보는데 민수림은 이미 무슨 일인지 짐작한 얼굴이다.

드드그그…….

그 순간 다리가 아래로 하강하면서 빠르게 호수 속으로 잠겨 들고 있는 것이다.

第二十三章

오룡방 거두기

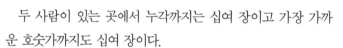

　두 사람이 있는 곳에서 누각까지는 십여 장이고 가장 가까운 호숫가까지도 십여 장이다.

　이곳이 호수의 딱 중간쯤이라서 총당주가 먼저 누각으로 달려간 이유는 두 사람을 호수 한복판에서 허우적거리게 만들겠다는 수작이다.

　느닷없이 딛고 있던 다리가 호수 속으로 잠겨 버린다면 제아무리 일류고수라고 해도 호수에 빠져서 허우적거릴 수밖에 없다.

　일류고수가 전력을 다해서 경공을 펼친다면 최대 삼 장까지는 날아가겠지만 십여 장은 무리다. 절정고수라고 해도 오륙

장이 한계다.

그러므로 오룡방주는 진검룡과 민수림이 호수에 빠져서 허우적거리거나 헤엄을 칠 것이라고 예상했을 테고 그때 습격을 가한다는 작전일 것이다.

‘ 드드드… 드그극……'.

다리가 너무 빨리 물속으로 잠기는 바람에 진검룡과 민수림은 발이 젖게 생겼다.

이곳 호수의 다리는 기관장치가 설치됐다. 적을 손님으로 유인해서 죽이거나 제압하려는 목적으로 설치된 것이 분명하다.

진검룡은 당황해서 민수림을 쳐다보았다.

"수림!"

그가 믿을 사람은 그녀뿐이다. 그는 헤엄을 칠 수는 있지만 헤엄을 치다가 습격을 받는다면 꼼짝없이 죽은 목숨이다.

역시 민수림은 그의 믿음을 저버리지 않았다. 그녀는 즉시 손을 내밀어 그의 팔을 잡고 둥실 허공으로 떠올랐다.

스읏…….

일류고수가 허공으로 비상하기 위해서는 발바닥으로 무언가 단단한 물체를 박차고 도약해야만 한다.

절정고수쯤 되면 지지대 없이 순전히 자력으로 떠오를 수 있지만 그런 경우에도 수직으로는 이삼 장, 수평으로 사오 장 이상은 무리다.

스으으······.

그런데 민수림은 혼자가 아니라 진검룡의 팔을 잡은 상태에서 수직으로 삼 장쯤 떠올랐다가 누각이 있는 십여 장 거리를 단숨에 수평으로 이동하기 시작했다.

누각 삼 층에 있던 오룡방주와 측근들은 난간 가장자리로 나와서 진검룡과 민수림이 호수 한가운데에서 어떻게 대처할지 지켜보려다가 혼비백산하고 말았다.

진검룡과 민수림이 어느새 누각 삼 층 이 장 거리까지 쇄도하고 있는 중이었기 때문이다.

잘못 본 것이 아니다. 호수에 빠져서 허우적거리고 있을 것이라고 예상한 진검룡과 민수림이 마치 구름을 탄 신선처럼 표표히 다가오고 있는 것이 아닌가.

그뿐만 아니라 진검룡이 오른손을 내밀어서 오룡방주를 향해 공격을 시도했다.

싸움 경험이 풍부한 오룡방주 오룡쾌도(五龍快刀) 손록(孫祿)은 진검룡이 오른손을 뻗는 순간 그가 공격하는 것이라고 직감하여 즉시 왼쪽으로 몸을 날렸다.

진검룡이 이 장이라는 다소 먼 거리에서 공격을 한다면 필경 장풍이나 암기를 발출하는 것이라고 순간적으로 판단했다.

삼 층에는 오룡쾌도 손록과 다섯 명의 당주가 모여 있다가 난간가로 이동했는데 손록이 느닷없이 몸을 날리는 이유를 오장보만 알았다.

손록이 몸을 날리는 것과 동시에 오장보도 반대편으로 몸을 날렸다.

조금 전에 오장보는 전광신수에게 맹룡당이 전멸을 당하다시피 한 사실과 전광신수가 오룡방에 찾아왔다는 사실을 손록에게 보고를 하고 나서 채 반각이 지나기 전에 지금 상황에 처한 것이다.

전광신수의 무서움에 대해서 이 자리에 있는 어느 누구보다 잘 알고 있는 오장보는 난간 밖 허공에 진검룡의 모습이 보이는 순간 무조건 몸부터 날리고 본 것이다.

위이잉!

진검룡이 대라벽산 일초식 권법인 전격권(電擊拳)에 풍기술을 전개하여 발출하자 허공이 나직이 떨어 울면서 작게 진저리를 쳤다.

지난번 진검룡이 정심천에서 통행료를 받는 비웅보 무사들을 죽일 때 세 차례 이상 전개한 초식이 대라벽산 일초식 전격권이었다.

번갯불이 번뜩이는 것처럼 주먹이 뻗어 나간다고 해서 '전격'인데 거기에 청영신기가 실렸으므로 가히 전광석화처럼 빠르고 강하지 않겠는가.

진검룡이 오른손을 뻗을 때 좌우로 몸을 날린 손록과 오장보는 그의 주먹에서 '번쩍!' 하고 흐릿한 청광이 뿜어지는 것을 똑똑히 보았다.

단지 발출하는 것만 보았을 뿐이지 그것이 어떻게 됐는지
는 알지 못했다.

뻑!

"흐악!"

아무 생각 없이 손록을 뒤따르던 비룡당주가 가슴팍에 정
통으로 권풍을 적중당하고 처절한 비명을 지르면서 뒤로 퉁겨
져 날아갔다.

우지직!

그는 누각 삼 층을 가로질러 뒤쪽 난간을 부수고 호수 위를
날아갔다.

그러나 손록과 오장보는 그런 것에 신경 쓸 겨를이 없다.
진검룡이 누각 삼 층으로 날아들고 있는 중이기 때문이다.

다른 세 명의 당주는 느닷없이 날아간 동료 비룡당주를 크
게 놀란 얼굴로 뒤돌아보고 있다.

사십오 세의 노련한 손록은 전광신수를 호수에 빠뜨린 후
에 총공격을 가하려던 자신의 계획이 틀어졌다는 사실을 빠
르게 인정했다.

전광신수는 그가 예상했던 것보다 훨씬 상위의 초절고수
혹은 그 위의 초극고수가 분명하다.

그리고 손록은 전광신수가 누각 삼 층으로 날아드는 짧은
시간에 이제부터 자신이 어떻게 해야 할 것인지를 번갯불에

콩 구워 먹듯이 궁리했다.

구태여 오장보의 보고가 아니더라도 손록이 방금 목격한 전광신수의 일초식은 절정고수 이상의 신기였다.

그러므로 손록은 자신이 전광신수의 적수가 되지 못한다고 빠르게 인정했다.

대다수의 사람들은 그런 사실을 버젓이 알면서도 인정하지 못하기 때문에 왕왕 일을 망치곤 한다.

현재 상황을 정확하고도 빠르게 인정하는 것만으로도 최악의 상황을 모면할 수 있는 것이다.

냉철한 정신력과 풍부한 경험의 소유자인 손록은 자신이 전광신수의 하수라는 사실을 인정하는 것은 물론이고 어떻게 해야지만 살아남을 수 있고 또한 지금까지처럼 오룡방을 유지할 수 있을지를 생각했다.

진검룡이 누각 삼 층으로 날아들면서 두 번째 초식을 전개하려는 순간 손록이 급히 포권을 하고 허리를 굽히면서 정중하게 외쳤다.

"부디 멈추시오! 전광신수 대협!"

진검룡이 이번에는 손록을 정확하게 겨냥해서 전격권을 풍기술로 발출하려는데 민수림이 전음으로 제지했다.

[죽이지 말아요.]

손록과 오장보는 진검룡이 막 초식을 전개하려다가 손을 거두며 바닥에 사뿐히 내려서는 것을 보고 내심 안도의 한숨을 깊이 내쉬었다.

민수림은 여기까지 날아오면서 자신이 진검룡을 붙잡은 것처럼 보이지 않으려고 애썼다.

그녀는 누각 삼 층에 내려서면서도 진검룡이 자력으로 날아온 것처럼 보이게 했다.

그러기 위해서는 팔을 뒤로 뻗어서 진검룡의 허리를 안았는데 그것이 또 그를 헤벌쭉하게 만들었다.

그녀의 그런 노력 덕분에 손록을 비롯한 네 명의 당주들은 진검룡을 절정고수 이상의 고수로 보게 되었다.

오장보를 제외한 세 명의 당주는 그제야 사태를 깨닫고 크게 당황하며 어쩔 줄 몰랐다.

손록은 나란히 서 있는 진검룡과 민수림 반 장 앞에 마주 서서 정중하게 포권을 했다.

"불초가 대협께 큰 실례를 저질렀소. 용서하시오."

그는 진검룡이 뭐라고 반응을 보이기도 전에 더욱 정중하게 말을 이었다.

"불초가 대협께 저지른 죄에 대하여 어떤 벌이라도 달게 받겠소."

손록을 쳐다보는 진검룡의 표정은 '뭐 이런 자식이 다 있어?'라고 적혀 있다.

조금 전까지 죽이겠다고 꼼수를 부렸던 놈이 금세 꼬랑지를 내리니까 이상한 것이다.

하지만 손록은 고개를 숙이고 있고 네 명의 당주는 놀라는 표정으로 손록을 보고 있어서 진검룡의 그런 표정을 발견하지 못했다.

[어떻게 하는지 잠시 두고 봐요.]

옆에 선 민수림의 전음에 진검룡은 조금 어이없는 표정으로 그녀를 쳐다보았다.

[앞을 봐요.]

그녀를 보려고 고개를 돌리려던 진검룡은 급히 다시 앞을 보았다.

고개를 약간 옆으로 까딱했을 뿐이라서 다른 사람들은 눈치채지 못했다.

[그를 죽이면 끝이지만 살려두면 여러 가지 가능성들이 남아 있을 거예요.]

진검룡은 민수림의 말을 곰곰이 생각해 보다가 보일 듯 말듯 고개를 끄떡였다.

그는 손록의 약한 모습을 봤으니까 그를 죽이는 것은 언제라도 가능하다고 생각한다.

그러나 지금 손록을 죽여 버리면 나중에 그가 필요하게 되더라도 다시 살릴 수 없기 때문에, 그가 죽음으로써 일어날 수도 있는 여러 불상사에 대해 진검룡이 대처하기가 어려워질 것이다.

또한 그가 살아 있어서 이용할 수 있는 일들은 애당초 포기

해야만 한다.

그러므로 일단 살려두는 것이 좋겠다는 민수림의 말을 진검룡은 그런 뜻으로 이해했다.

[이자를 살려두고 우리가 문파를 개파하는 것에 대해서 생각을 해보도록 해요.]

'아……'

민수림의 그 전음에 진검룡은 머릿속이 불이 난 것처럼 환해지는 것을 느꼈다.

진검룡의 소원은 비웅보에 의해서 죽은 사부의 뒤를 이어 청풍원을 부활시키는 것이었다.

그런데 민수림의 영향으로 청풍원의 부활이 아니라 아예 새로운 문파를 개파하는 쪽으로 계획을 세웠었는데 한동안 그걸 잊고 있었다.

그것 하나만 놓고 생각해 보자. 오룡방주 손록을 죽이고서 새 문파를 개파하는 것과 그를 살려두고 개파하는 것의 차이점에 대해서 말이다.

'그렇지만……'

진검룡은 한 가지는 분명하게 할 생각이다. 그는 차가운 얼굴로 손록을 보며 명령했다.

"꿇어라."

"……?"

손록 이하 네 명의 당주가 어리둥절한 표정으로 진검룡을 처다보았다.

진검룡이 가볍게 미간을 좁히면서 일장을 발출하려는 듯 오른손을 약간 들어 올리자 손록이 즉시 그 자리에 무너지듯이 무릎을 꿇었다.

손록은 조금 전에 진검룡이 이 장 거리에서 일권으로 비룡당주를 날려 보내는 광경을 똑똑히 목격했으므로 그의 일권에 적중되면 어떤 결과가 일어날지 잘 알고 있다.

그가 일권을 발출하면 손록은 피하거나 반격할 엄두가 나지 않을 것 같았다.

네 명의 당주들은 손록이 너무도 쉽게 무릎을 꿇자 놀라서 그를 처다보았다.

진검룡이 그들을 보며 냉랭하게 꾸짖었다.

"네놈들은 죽고 싶은 게로구나."

그러자 오장보가 번개같이 앞으로 몸을 날리면서 고꾸라지듯이 무릎을 꿇었다.

쿵!

"하명하십시오!"

오장보는 진검룡이 얼마나 무서운지 손록보다 더 잘 알고 있는 사람이다.

이런 상황이 됐는데도 세 명의 당주는 영문을 모르고 어리둥절한 표정을 지었다.

하긴 갑자기 나타난 전광신수에게 손록과 오장보가 연달아

무릎을 꿇는다고 해서 세 명의 당주가 그 이유를 그 즉시 이해할 리는 없다.

진검룡은 지금 이 상황에서 필요한 것은 구구한 말보다 따끔한 한 대의 채찍이라고 생각했다.

슛!

그는 세 명의 당주 중에서 가운데 서 있는 청룡당주를 향해 오른발을 슬쩍 뻗었다.

청룡당주는 일 장 반 거리에 서 있으므로 진검룡이 오른발을 한껏 뻗는다고 해도 닿지 않는다. 그렇게 뻗은 발을 세 개쯤 이으면 간신히 닿을 것이다.

그래서 청룡당주는 진검룡을 뻔히 보면서 '쟤 뭐 하냐?'라는 표정으로 멀뚱히 쳐다보기만 했다.

그러다가 청룡단주는 복부에 무지막지한 충격을 받고는 화살처럼 뒤로 날아갔다.

뻑!

"우왁!"

좌우에 서 있던 천룡당주와 창룡당주는 크게 놀라서 청룡당주를 쳐다보았다.

그들이 지켜보고 있는 가운데 청룡당주는 구슬픈 비명을 길게 지르면서 누각 밖의 허공을 빨랫줄처럼 아스라이 멀어져 갔다.

무릎을 꿇은 오장보가 여전히 버젓이 서 있는 두 당주를 보며 낮게 속삭였다.

"뭘 하시오. 당장 꿇으시오."

그제야 뒤늦게 머리가 트인 두 당주는 깜짝 놀라더니 서둘러서 그 자리에 엎어지듯 무릎을 꿇었다.

*   *   *

진검룡이 옳았다. 구구하게 말로 설명하는 것보다 따끔한 발차기 한 방에 다들 설설 기고 있다.

진검룡은 하나를 가르치면 열을 깨닫는 천재다. 원래부터 천재였는지 동천목산에서 기연을 얻고 나서 천재가 됐는지는 그다지 중요하지 않다.

중요한 것은 현재의 그가 놀라운 천재성을 발휘하고 있다는 사실이다.

진흙 속에서 금강석을 주워서 흙을 닦고 광을 내니까 점점 더 영롱한 광채를 발하고 있다.

그의 천재성은 대라벽산을 가르칠 때 민수림이 골백번도 더 경험했던 일이다.

진검룡은 느릿한 동작으로 팔짱을 끼더니 조금 오만한 표정으로 입을 열었다.

"아래에 추형단 있느냐?"

"……."

아무런 반응이 없다. 진검룡이 민수림에게 배운 대로 공력을 끌어올려서 청력을 돋우니까 아래층에 몇 명이 숨죽이고 있는 기척이 감지되었다.

"내가 내려갈까?"

진검룡이 내려가면 추형단은 무사하지 못할 것이다.

오룡방 총당주 추형단은 진검룡과 민수림을 안내하던 도중에 인공 호수 한가운데 내버려 두고 저 혼자 재빨리 도망친 자다.

"오… 올라가겠소."

추형단의 착 가라앉은 목소리가 들리더니 잠시 후 삐걱거리는 계단 밟는 소리에 이어서 그가 올라와 두 명의 당주 옆에 조용히 무릎을 꿇었다.

그의 행동은 두말할 필요가 없다. 나도 무조건 승복하겠다는 뜻이다.

진검룡은 조금 전까지만 해도 예의로써 대하려고 했으나 손록이 먼저 비겁한 수법으로 도발했으므로 계속 예의를 지키는 것은 바보 같은 짓이라고 생각했다.

"손록."

그는 바로 앞에 무릎을 꿇은 채 고개를 숙이고 있는 손록을 나직한 목소리로 불렀다.

손록은 비룡당주와 청룡당주를 자신이 보는 목전에서 죽인 전광신수가 반 장 앞에 서 있다는 사실을 새삼스럽게 깨닫고 움찔 가볍게 몸을 떨었다.

"말… 씀하십시오."

그는 조금 전보다 더욱 공손해졌다. 아무렇지도 않게 수하
를 둘씩이나 간단하게 죽인 인물이 눈앞에 서 있으면 누구나
그렇게 될 것이다. 그에게 있어서 전광신수는 저승사자이며
염라대왕이다. 그리고 진검룡의 입에서 청천벽력 같은 내용의
말이 조용하게 흘러나왔다.

"너희들, 지금 이 시간부터 내 수하다."

"……."

손록 이하 세 명의 몸이 움찔 떨렸다. 그중에서도 손록의
몸이 가장 크게 움찔거렸다.

그는 설마 전광신수가 이런 말을 할 것이라고는 추호도 예
상하지 않았었다.

오룡방의 역사는 장장 백이십여 년에 이른다. 손록의 조부
가 최초에 오룡방을 개파했고 부친이 사십여 년에 걸쳐서 파
죽지세로 세력을 확장시켰으며 손록 대에 이르러 항주제일방
파로 성장시켰다.

그런데 그것을 진검룡이 말 한마디로 털도 뽑지 않은 채 통
째로 삼키려고 하는 것이다.

만약 손록을 수하로 삼는다면 오룡방도 당연히 수중에 넣
게 될 것이다.

그러니 손록 이하 세 명의 당주가 놀라지 않을 수가 없다. 자

신들만이 아니라 오룡방의 사활이 지금 이 순간에 걸려 있다.

민수림은 깜짝 놀라서 눈을 크게 떴다. 그녀는 설마 진검룡이 그런 말을 할 줄은 몰랐던 터라서 적잖이 놀라는 얼굴로 그를 바라보았다.

세상에서 그녀를 놀라게 할 만한 일은 많지 않은데 방금 진검룡이 그녀를 놀라게 했다.

그녀가 쳐다보자 진검룡은 그녀를 쳐다보면서 입을 약간 벌리고 벙긋 웃었다.

아무 때나 그녀만 보면 그저 한없이 좋아서 웃음이 절로 나는 진검룡이다.

민수림으로서는 생각해 본 적이 없으며 어이가 없는 일이기도 하지만 괜찮을 것 같았다.

항주제일방파인 오룡방의 방주 손록을 수하로 삼을 수 있다면 그에게도 나쁘지 않은 일이다.

문제는 진검룡이 어떻게 손록을 깨끗하게 승복시켜서 수하로 삼느냐는 것이다.

무엇보다도 그게 중요한 과제다. 어설프게 강제로 수하로 삼았다가는 장차 중요한 순간이 닥쳤을 때 그가 뒤통수를 치거나 배신을 하지 않을 것이라고 장담할 수가 없으므로 수하로 삼지 않느니만 못한 일이다.

민수림은 진검룡을 보면서 수긍한다는 듯 가볍게 고개를 끄떡여 보였다.

그가 어떤 방법으로 손록을 수하로 거둘 것인지 지켜보겠다는 뜻이다.

그 말을 한 후 진검룡은 아무 말도 하지 않고 손록이 어떻게 나오는지 지켜보기만 했다.

그는 이런 상황에 이건 이렇고 저건 저렇기 때문에 너는 내 수하가 되는 쪽이 훨씬 유리할 것이라고 구구절절 설명하는 일은 별로 효과가 없을 것이라는 생각이 들었으며, 한편으로는 귀찮기도 했다.

이런 상황에서의 대처법은 민수림이 가르쳐 주지 않았지만 그의 생각이 그랬다.

침묵이 조금 길어지자 손록은 고개를 들고 조심스럽게 진검룡을 올려다보았다.

침묵이 길어지는 탓에 어쩌면 진검룡이 자신을 걷어찰지도 모른다는 생각을 했기 때문인데 그는 팔짱을 낀 채 조금 못마땅한 얼굴로 손록을 굽어보고 있었다.

그의 표정을 본 손록은 그가 여차하면 걷어찰 수도 있다는 생각이 들었다.

손록이 비록 항주제일인이기는 하지만 지금은 목숨이 바람 앞의 등불 신세일 뿐이다.

말 한마디 잘못했다가는 그것으로 끝장이다. 손록은 전광신수가 최소한 자신보다 두 배 이상 고강하다는 사실을 인정할 수밖에 없었다.

비참하지만 일단 살고 봐야겠다는 생각이다. 아니, 생각 같은 것은 하지 않고 본능적으로 행동할 뿐이다.

　뭐든지 살아 있어야지만 후일을 도모할 수도 있고 기회가 생길 수도 있는 것이다.

　손록은 두 손으로 바닥을 짚은 뒤 이마를 바닥에 대고 가라앉은 목소리로 말했다.

　"대협께 잠시 드릴 말씀이 있으니 자리를 옮기는 것이 어떻겠습니까?"

　서툴게 나가면 안 된다. 이쪽에서 어느 정도 진심으로 나가야지만 상황을 유리한 쪽으로 이끌 수 있다.

　진검룡은 서슴없이 고개를 끄떡였다.

　"그러지."

　손록이 꼼수를 쓰려고 이러는 것일 수도 있으나 그가 무슨 수작을 부리더라도 진검룡은 다 격파할 자신이 있다.

　그는 무공만이 아니라 마음가짐도 빠르게 고수가 되어가고 있는 중이다.

　손록은 진검룡과 민수림을 오룡방 뒤쪽 후원의 어느 조용한 정자로 안내했다.

　인공 가산 위에 지어져 있는 정자에는 진검룡과 민수림, 손록 세 명뿐이다.

이런 곳으로 세 사람만 온 것으로 봐서 손록이 수작을 부리려는 것 같지는 않았다. 그 혼자서 진검룡과 민수림을 상대한다는 것은 말 그대로 죽으려고 환장한 일이니까 말이다.

정자의 탁자 한쪽 의자에 진검룡과 민수림이 나란히 앉아 있고 그 앞쪽에 손록이 공손한 자세로 서 있는데 어쩐 일인지 매우 긴장한 얼굴이다. 진검룡은 고개를 끄떡였다.

"무슨 말인지 해봐라."

손록은 매우 복잡한 표정을 짓고 있다가 몸을 돌려 저 멀리 하늘을 물끄러미 응시했다. 말해보라는 진검룡의 말을 아예 듣지 못한 듯했다.

진검룡은 손록이 자신들을 조용한 곳으로 불러놓고서 딴청을 피우자 꾸짖으려고 막 입을 열려는데 민수림이 가만히 그의 팔을 잡았다.

그가 쳐다보자 민수림은 고개를 미미하게 가로저었다.

[중요한 사실을 털어놓을지 말지 고민하는 것 같으니까 잠시 기다려 봐요.]

진검룡이 그녀의 전음을 듣고 나서 손록을 쳐다보니까 과연 그런 것 같아서 기다려 주기로 했다.

그렇게 사분지 일각 정도가 지난 후에야 손록은 진검룡 쪽으로 몸을 돌리면서 무겁게 입을 열었다.

"말씀드리겠습니다."

여태껏 살아오면서 이런 식의 경험이 한 번도 없었던 데다 인내심이 그리 많지 않은 진검룡은 기다리다가 머리에 쥐가 나는 줄 알았다. 손록은 몹시 진지하고 심각한 표정을 지었다.

"사실 오룡방은 다른 방파의 휘하에 있습니다."

진검룡은 그의 말이 무슨 뜻인지 알아듣지 못했으나 민수림은 기억을 잃었는데도 불구하고 즉시 알아들었다.

손록의 말을 액면 그대로 받아들인다면 항주제일방파인 오룡방이 독립된 방파가 아니라 다른 방파의 명령을 받는 휘하 세력이라는 뜻이다.

이 일은 진검룡에게 맡기는 것이 여러모로 무리일 것 같아서 민수림이 직접 손록에게 물었다.

"오룡방이 어떤 방파의 휘하라는 말이냐?"

차분하고 나직하면서도 청아하고 그윽한 목소리에 손록은 잠시 멍한 표정을 지었으나 곧 미간을 좁히고 조금 못마땅한 표정을 지었다.

그는 진검룡에게 굴복한 것이지 한낱 여자에게 굴복한 것이 아니다.

그래서 민수림이 비록 진검룡 옆에 앉아 있어도 그녀가 하대를 하면서 하문하듯이 묻는 것에 기분이 상했다.

민수림은 손록이 어째서 대답을 하지 않는지 간파했다. 그래서 지금 상황을 원활하게 만들기 위해서는 손록을 조금쯤 길들일 필요가 있다고 생각했다.

"네놈이 겁을 잃었구나."

손록이 와락 인상을 쓰며 민수림을 가리켰다.

"낭자는……."

뚜거걱…….

"끄윽……."

약간 인상을 쓰면서 말하던 손록의 몸이 갑자기 오른쪽으로 기우뚱 쓰러질 듯했다.

느닷없이 오른쪽 정강이가 부러지는 것 같은 극심한 고통을 느낀 것이다.

실제로 그의 오른쪽 정강이에서 뼈 부러지는 소리가 터져 나왔으며 거인이 두 손으로 잡고 빨래를 짜는 것처럼 잔뜩 비틀린 모습이다.

"끄으으……."

손록은 한쪽 손으로 정자의 난간을 잡고 간신히 쓰러지는 것을 견디면서 민수림을 보다가 헛바닥이 목구멍 안으로 말려들어갈 것처럼 경악했다.

민수림이 왼손을 내밀어서 뭔가 비트는 듯한 동작을 취하고 있는 모습을 본 것이다.

그것은 지금 손록이 느끼고 있는 처절한 고통이 민수림 때문이라는 뜻이다.

손록이 제일 먼저 깨달은 것은 민수림이 허공을 격해서 자신의 정강이를 비틀었을지도 모른다는 사실이다.

만약 그게 사실이라면 지금 손록이 일그러진 얼굴로 쳐다보고 있는 여자는 엄청난 고수다.

손록이 한 번도 본 적이 없는 소림사 장문인 혜각 선사나 무당파 장교 현우자만큼 초절정고수가 분명하다.

어째서 그런가 하면, 당금 무림에서 방금 여자가 전개한 허공을 격한 격공술(隔空術) 즉, 허공섭물이나 접인신공 같은 것 초상승수법은 혜각 선사나 현우자 정도의 초절정고수만이 전개할 수 있다고 들었기 때문이다.

물론 무림사상 가장 고강하고 위대하다는 우내십절(宇內十絶)은 격공술 같은 것을 어린아이 장난처럼 전개하겠지만 우내십절은 세상에 모습을 드러내지 않은 지가 꽤 오래됐으므로 생사를 모르는 존재들이다.

진검룡이 대라벽산에 풍기술을 더하면 허공을 격하여 초식을 발휘할 수 있지만 지금 민수림이 전개하고 있는 격공술보다는 한참 아래 수준이다.

진검룡이 전개하는 것은 단발성이다. 즉, 한 번 발출하여 표적을 적중시키면 그것으로 끝이다.

그 수법은 백오십 년 정도의 공력을 지니고 있으면 누구라도 전개할 수 있다.

진검룡이 백삼십오 년 공력으로도 전개할 수 있는 이유는 대라벽산이 훌륭한 덕분이고, 그의 체내에 미증유의 신력이 잠재되어 있기 때문이다.

하지만 지금 민수림이 허공을 격하여 손록에게 전개하고

있는 수법은 한 번에 끝나는 단발성이 아니라 계속 이어지는 연속성이다. 그것이 다르다. 한 번 발출하여 단발로 표적을 맞히고서 끝나느냐. 아니면 계속 공력을 발출하면서 연속적으로 전개할 수 있느냐 하는 것이다.

민수림은 왼손을 뻗은 채 조금 더 비트는 동작을 취했다.

꾸더덕! 뿌거걱…….

"으아악!"

이번에는 손록의 오른쪽 정강이만이 아니라 그 위의 무릎과 허벅지 허리까지 죄다 비틀어 꺾어져서 손록은 처절한 비명을 질렀다.

손록이 잘못 본 것이 아니다. 저기 눈앞에 꼿꼿한 자세로 앉아 있는 여자는 혜각 선사나 현우자와 동급일 정도의 초절정고수가 분명하다.

『붕정대연가(鵬程大戀歌)』 3권에 계속…